La France
aux ordres d'un cadavre

MAURICE DRUON

de l'Académie française

La France aux ordres d'un cadavre

Éditions de Fallois

Éditions du Rocher

22, rue La Boétie, 75008 Paris

ISBN 2-87706-397-6

« Quand il s'agit de prouver des choses si claires, on est sûr de ne pas convaincre. »

MONTESQUIEU

I

EXPLICATION D'UN TITRE

Nous n'allons pas jouer aux devinettes, ni nous cacher derrière notre petit doigt.

Le cadavre dont nous voulons parler, c'est l'Union des Républiques Socialistes Soviétiques, c'est l'U.R.S.S. défunte, c'est cet énorme empire méthodiquement totalitaire entré voici près de dix ans en décomposition, mais dont les entreprises, ouvertes ou dissimulées, au long de plus de cinq décennies, continuent d'agir comme un poison lent et paralysant instillé dans la société française.

Les cheveux et les ongles persévèrent à pousser sur les morts.

Un ami diplomate, représentant d'un pays d'Europe centrale qui fut longtemps sous l'écrasante emprise soviétique, et qui donc savait de quoi il parlait, faisait devant nous ce constat, après un an en poste à Paris : « La France, depuis la fin de la Deuxième Guerre mondiale, n'est pas arrivée à choisir entre le capitalisme et le communisme. » Raccourci lapidaire, mais qui, venant d'un observateur étranger, nous a porté à réfléchir. Et si c'était vrai ?

Certes, les Français, à partir de la chute du Mur de Berlin, ont suivi avec un intérêt passionné les étapes de l'agonie du monstre rouge, jusqu'à trépigner de joie quand l'un des pays qu'il avait si longtemps opprimé se libérait de ses griffes. Ce gigantesque pouvoir s'était affaissé, et vingt peuples dansaient sur sa dépouille.

Mais quelles conséquences les Français en ont-ils tirées pour eux-mêmes ? Aucune.

Alors que tous les partis communistes d'Europe occidentale, pour sauver leurs meubles, changeaient de nom et de programme, le Parti communiste français, le P.C.F., seul, et sans que personne s'en étonnât, conservait l'un et l'autre. Comme j'en faisais un jour la remarque à son actuel secrétaire général, homme sympathique au demeurant, il répondit en souriant : « À quoi cela aurait-il servi ? On aurait toujours dit de nous : l'ancien Parti communiste. » Et, de fait, il serait resté exactement le même, les discussions internes ne portant que sur des divergences d'opportunité ou de tactique.

Bien plus surprenante fut l'indifférence totale de l'opinion française lorsque l'ouverture des archives soviétiques laissa apparaître le montant des sommes fournies par l'U.R.S.S. au Parti communiste et à son relais syndical, la Confédération générale du travail, usuellement dite C.G.T. Cette révélation, ou plutôt cette confirmation, mais chiffrée, provoqua-t-elle le moindre frémissement d'indignation ou seulement de réprobation ? On en sourit plutôt. Il y avait si belle lurette qu'on parlait de « l'or de Moscou » !

Pourtant, entre une formule vague, employée généralement par ironie, et des preuves patentes, officielles, portant inscription de dizaines de millions de dollars, il y avait une sérieuse différence.

Une nation attachée à sa dignité et à son indépendance, une République soucieuse de l'honnêteté de ses parlementaires, un État veillant à interdire les irrégularités et les trafics eussent dû, en bonne morale civique, dissoudre immédiatement le Parti communiste et la C.G.T., au motif d'intelligences avec une puissance étrangère.

Qui donc y a songé ? Qui donc l'a préconisé, sinon par quelques paroles qui n'ont rencontré aucun écho ?

Tandis que nos juges d'instruction s'acharnaient à vérifier les comptes de toutes les autres formations politiques, traquaient leurs financements occultes et multipliaient les mises en examen de leurs dirigeants, le Parti communiste, lui, était étrangement épargné, alors que le chef d'accusation eût été pour lui le plus évident et le plus grave.

En vérité, une pareille décision ne pouvait être prise qu'au sommet de l'État. Mais comment attendre rien de tel d'un président politicien qui s'était fait élire sur un « programme commun » élaboré avec les communistes et qui satisfaisait à leurs souhaits ?

Comment l'attendre d'un gouvernement, issu d'un Parti socialiste qui jamais ne put accéder à la majorité parlementaire sans l'appoint des élus du Parti communiste ?

Hélas, ce n'est pas seulement le Parti socialiste qui fut et reste otage des marxistes soviétisés. L'administration, l'enseignement, la justice et les organismes publics en général demeurent en grande partie soumis à leur influence et continuent d'appliquer leurs consignes, le plus souvent à leur insu. Ces choses sont tellement passées dans les mœurs, elles sont si insidieusement devenues des habitudes qu'on n'en aperçoit plus l'origine.

Le nombre des communistes proprement dits, c'est-à-dire dûment inscrits au parti, étant allé sans cesse s'amenuisant, nul ne croit plus aujourd'hui qu'ils puissent avoir une action déterminante sur le pays. Pour en renverser le régime, certainement pas. Mais pour en altérer et en saper les structures, certainement oui.

Les marxistes d'obédience soviétique se sont toujours inspirés des méthodes employées par Lénine pour se saisir du pouvoir et le conserver. Une minorité organisée et déterminée s'impose à une majorité molle, fût-ce en la terrorisant, physiquement naguère, moralement aujourd'hui. La méthode continue d'être utilisée, à l'intérieur des professions, par les syndicats communistes.

D'autre part, les consignes données par le Moscou de naguère à ses affidés n'étaient pas de faire passer brutalement la France en régime collectiviste. Le Comité central du P.C. soviétique était bien trop réaliste pour adopter une telle stratégie, qui n'avait valu que pour les pays situés dans la zone d'influence reconnue à la Russie par les accords de Téhéran et de Yalta.

La juste évaluation du rapport des forces fut toujours un des éléments fondamentaux de la stratégie soviétique. L'utopie de la Révolution universelle ayant fait long feu dès l'aube du léninisme, l'idéologie, sous Staline, devint la couverture et l'outil d'une entreprise d'hégémonie planétaire. Pousser des tentacules en Afrique et en Asie pour y établir des États vassaux était une opération relativement facile. Pour l'Occident européen, et notamment pour la France, l'affaire était plus subtile. On n'y pouvait déclencher des soulèvements brutaux et des tentatives de coups d'État sans provoquer une conflagration générale.

Tandis que se développait la « guerre froide », qui consistait essentiellement en une concurrence politique dans les anciens empires coloniaux et en une escalade continue des armements, la Russie nous appliqua les recettes de Sun-Zu, le fameux stratège chinois presque contemporain de Bouddha et de Périclès, dont les écrits étaient une sorte de catéchisme pour les services secrets soviétiques.

L'art suprême de la guerre, pour Sun-Zu, est de conquérir pays ou cités sans avoir à livrer bataille, mais en les affaiblissant de l'intérieur, en diminuant leurs ressources et en les minant moralement, jusqu'à ce qu'ils soient dans l'incapacité de se défendre et qu'on puisse alors les cueillir, comme des fruits déjà pourrissants. Pour cela, tous moyens et tous alliés sont bons : la propagation de fausses nouvelles dite désinformation, l'excitation des rivalités intérieures, le discrédit jeté sur les chefs par de fausses accusations, l'infiltration des administrations par des agents de propagande, la paralysie du travail, la chute des rendements.

Après deux mille cinq cents ans, si les procédés sont évidemment différents, les principes et les objectifs restent les mêmes.

Outre les agents appartenant au K.G.B.[1], qu'elle expédiait directement, certains devant rester « dormants » durant de longues périodes, outre ceux qu'elle recrutait sur place, soit en les soudoyant, soit en se les attachant par endoctrinement ou chantage, l'U.R.S.S. utilisait d'abord et bien évidemment le Parti communiste, lui-même largement arrosé, dont les membres subalternes pouvaient croire de bonne foi que les consignes qu'ils recevaient étaient uniquement

1. Sigle du *Komitet Gossoudarstvennoï Bezopasnosti*, gigantesque service de renseignement, d'espionnage et contre-espionnage, et de toutes actions secrètes.

dictées par l'intérêt de la classe ouvrière. Mais Moscou et le P.C. s'appuyaient aussi, tacitement, sur les trotskistes, les anarchistes et les gauchistes, toutes gens qui, en cas de victoire du camp totalitaire, eussent été les premiers éliminés, mais qui, dans les manœuvres d'approche ou de minage, étaient des alliés « objectifs ».

Le plus surprenant, chez les communistes français, est qu'ils ne se soient jamais demandé pourquoi Moscou les invitait à des attitudes ou des actions diamétralement contraires à celles prônées ou imposées en U.R.S.S. telles que l'exaltation de la patrie, l'émulation dans le travail, l'interdiction des grèves. L'idéologie leur faisait un devoir de nuire à leur propre pays.

C'est surtout dans la presse, qui conditionne journellement l'opinion, que trotskistes et gauchistes étaient utiles aux Moscovites. Pour nombre de journalistes, qui confondent volontiers liberté et impunité, l'indépendance ne se prouve qu'en critiquant et s'opposant. Les attaques systématiques, les insinuations, les mises en cause, la présentation orientée ou faussée des événements, la mauvaise foi, étaient et demeurent procédés habituels des marxistes.

Communistes et gauchistes se trouvèrent également associés dans une action de longue haleine : la transformation de l'enseignement. Il s'agissait là de préparer la jeunesse à un autre type de société, rompant totalement avec l'ordre existant. Nous en reparlerons. L'enfance devait apprendre à penser d'une autre manière. Il fallait supprimer la mémoire du passé, couper la jeunesse de ses racines, afin de saper les fondations séculaires. Après quoi, un jour, l'édifice s'écroulerait sur lui-même, le pouvoir serait à prendre avec un bâton, et un régime collectiviste pourrait s'installer, dans la mouvance du grand frère de l'Est.

Or, ce fut la citadelle soviétique qui s'affaissa, presque d'un coup, découvrant la faiblesse de ses assises théoriques autant que de ses pratiques. Ce qui changea tout pour le monde, mais rien pour la France. Comme une machine bien programmée, chacun de ses rouages – partis, syndicats, services fiscaux, sécurité sociale, moyens d'information, et tous autres organismes – continuait d'appliquer des instructions, pensées ailleurs, et destinées à affaiblir notre pays en en faisant une société égalitariste, une société d'assistance, une société sinon paralysée, à tout le moins hémiplégique.

Que l'Allemagne fédérale, par son redressement spectaculaire, ait démontré le bénéfice qu'un pays, même vaincu, pouvait retirer de n'avoir pas de parti communiste, que l'Italie se débrouillât en transformant le sien, que la Grande-Bretagne, par le thatchérisme, prouvât que la prospérité ne se conquérait qu'en s'inspirant de principes et de procédés radicalement contraires aux théories marxistes, rien n'y fit. Les habitudes étaient chez nous trop ancrées, les réflexes trop conditionnés pour que nos élus et nos élites ouvrissent les yeux sur ces évidences.

Écrasés sous une pyramide d'impôts, les plus lourds d'Europe, qui ne visent qu'à détruire la fortune et décourager le profit, ligotés par un incroyable réseau de lois, de décrets et de circulaires dont la plupart sont inspirés, plus ou moins consciemment, par la lutte des classes, détournés par tous moyens du sentiment national, les Français, quoi qu'ils en aient, ne sont plus des citoyens vraiment libres, mais deviennent de plus en plus des sujets soumis à toutes dépendances, ce que furent les Russes pendant soixante-dix ans.

La France répond en tous points à ce que l'U.R.S.S. disparue voulait en faire. Elle obéit aux ordres d'un cadavre.

Il serait peut-être temps de s'en apercevoir.

II

COUP D'ŒIL DANS LE RÉTROVISEUR

Les débuts de l'affaire remontent à un temps qui, aux jeunes générations, doit sembler presque antédiluvien. De fait, on sortait d'un déluge de feu et de sang. La Première Guerre mondiale n'avait pris fin que depuis deux ans. L'Europe voulait rêver de paix éternelle et de fraternité entre les peuples.

En décembre 1920, les nombreux mouvements, partis, comités, syndicats, d'inspiration proudhonienne ou marxiste, qui avaient surgi en France au long du demi-siècle écoulé et s'étaient opposés, rejoints, disjoints, associés, séparés, rapprochés, toutes ces organisations avaient décidé de se regrouper, pour le bien du genre humain, en une formation fédérative, appelée la S.F.I.O., qui tint congrès à Tours. Belle manifestation d'union ! Le résultat fut une scission brutale entre deux tendances aisément comparables aux mencheviks et aux bolcheviks de la toute récente révolution russe : d'une part la S.F.I.O. proprement dite – dont le sigle, à force d'avoir été répété, a fini par faire oublier ce que ces initiales signifiaient : Section Française de l'Internationale Ouvrière – ; d'autre part, la Section Française de l'Internationale Communiste, devenue presque aussitôt le Parti communiste français (P.C.F.), avec sa filiale syndicale, la Confédération Générale du Travail Unitaire (C.G.T.U.), alignés sur les principes promulgués à Moscou [1].

Car, six mois auparavant, Lénine avait formulé et fait adopter par le naissant Komintern – l'Internationale communiste – les vingt et une conditions auxquelles devaient souscrire les partis qui voulaient s'y rallier. Le Komintern y était défini comme « le parti international de l'insurrection et de la dictature prolétarienne ». Et l'un des engagements impératifs s'exprimait

1. La C.G.T., dont la fondation remonte à 1895, avait éclaté, elle aussi, lors du congrès de Tours. C'étaient ses éléments extrémistes qui avaient constitué la C.G.T.U. Les deux organisations se ressoudèrent en 1936, à l'occasion de la formation du Front populaire. C'est à la Libération que la C.G.T. dans son ensemble, qui comptait alors six millions d'adhérents, passa sous le total contrôle du Parti communiste.

ainsi : « Dans presque tous les pays de l'Europe et de l'Amérique, la lutte des classes entre dans la période de guerre civile. Les communistes ne peuvent dans ces conditions se fier à la légalité bourgeoise. Il est de leur devoir de créer partout, parallèlement à l'organisation légale, un organisme clandestin capable de remplir au moment décisif son devoir envers la révolution. »

Voilà qui était clair. Voilà à quoi adhérait le Parti communiste français.

Il faut bien savoir ce qu'était le Komintern, et ce que, sur ces bases, Staline allait en faire : non pas, comme bien des gens ont pu le croire longtemps, qui n'en avaient qu'une notion vague, une simple conférence des partis communistes, mais une gigantesque « bureaucratie à vocation mondiale de la subversion et de la propagande », un formidable ordonnateur de la stratégie en même temps qu'un donneur d'ordres tactiques installé à deux pas du Kremlin, et où les partis communistes des divers pays n'existaient que comme « sections ». Le P.C. était la « section française » de l'Internationale communiste.

Le génie de Staline fut de bâtir et de tenir, de la même main et avec la même poigne, d'une part un État-parti, ayant tous les traits du nationalisme, de l'impérialisme et de la dictature totalitaire, mais qui était censé être la façade du socialisme en construction, et d'autre part, cet « état-major de la révolution mondiale » qui, à défaut de parvenir rapidement à celle-ci, servait d'abord les intérêts et la puissance de l'U.R.S.S.

L'ouverture des archives soviétiques a fourni les preuves du complet asservissement du P.C.F. au Komintern. La manie paperassière des bolcheviks a accumulé là des milliers de dossiers et de documents : rapports méticuleux, interminables comptes rendus, analyses minutieuses, consignes opérationnelles, fiches individuelles, évaluations des capacités et des résultats, autobiographies obligatoires, notes d'information, délations, autocritiques, confessions, exclusions, etc., qui donnent un tableau confondant des méthodes et procédés du communisme mondial tel qu'orchestré par Staline.

On y trouve la confirmation claire de certaines situations déjà connues, comme par exemple le fait que Jacques Duclos, ce bonhomme sympathique et rondouillard, qui serait membre influent du bureau politique du P.C., vice-président de la Chambre des députés du Front populaire, et même candidat à l'élection présidentielle de 1969, était un « fonctionnaire » du Komintern, qui l'avait très tôt chargé de missions d'organisation en Espagne.

Mais on y trouve plus encore d'étonnantes révélations. On y apprend ainsi qu'en Algérie la « ligne » était de se méfier des ouvriers français, « colonisateurs incorrigibles », et de « liquider réellement et radicalement le chauvinisme des blancs ». Les ferments de la guerre d'Algérie avaient été déposés de longtemps.

Dans ces archives, il apparaît qu'au début des années trente, le P.C.F. faisait figure de mauvais élève de la classe des « pays latins »[1]. Conflits de tendances, discussions stériles, manque d'approfondissement théorique, conflits de personnes, mauvaise organisation, mauvaise formation des cadres, mauvaise coordination, mauvaise exploitation des mouvements de grève, mauvais comptes rendus, rendements insuffisants, déficience de méthode « conspirative » : la note frisait zéro. Toutes ces faiblesses, toutes ces erreurs

1. Sur l'histoire secrète du P.C.F., on lira avec effort mais profit, comme je l'ai fait moi-même, l'ouvrage très sérieux d'Annie Kriegel et Stéphane Courtois, *Eugen Fried* (Éd. du Seuil, 1997), qui ont dépouillé la partie des archives soviétiques concernant le communisme français et le « représentant » du Komintern. Tous ceux qui, au long des années et pour des motifs divers, auront montré sympathie au Parti communiste ou amitié pour tels de ses dirigeants comprendront, à la lumière de ces documents, combien ils ont été floués.

étaient imputables au tempérament français qui manquait de sérieux et d'application.

Il fallait reprendre les choses en main. Pour ce faire, le Komintern envoya en France, non pas un maître espion – l'espionnage relevait de l'ambassade –, mais un « représentant », comme il en avait auprès de tous les partis communistes. Ce « représentant », Eugen Fried, juif hongrois de naissance, tchécoslovaque de nationalité, et qui avait été l'un des fondateurs du P.C. tchécoslovaque, était un homme séduisant, élégant, cultivé, parlant couramment plusieurs langues, théoricien autant que tacticien, bon négociateur, travailleur acharné, et fort proche d'un des plus intimes collaborateurs de Staline. Son histoire valait vraiment d'être découverte et contée.

Vivant sous de faux noms, signant de faux prénoms, voyageant avec de faux papiers, et se déplaçant dans une grande limousine Packard qui l'eût fait prendre pour un puissant financier, il était particulièrement doué pour « le travail conspiratif ». Personnage autoritaire et subtil, il fit merveille. Nul ne sut, à part les quelques hauts dirigeants du P.C. français, qu'il siégea pendant des années au bureau politique, avec Thorez, Duclos, Marty, Frachon. Il y donnait les ordres. Il parvint à en faire exclure, pour déviationnisme, Doriot, l'homme le plus populaire alors du parti, qui avait fait de la mairie de Saint-Denis sa citadelle, et qui irait, pendant l'Occupation, mettre toute son expérience d'organisateur révolutionnaire au service de la pire collaboration avec l'Allemagne nazie.

Le « représentant » s'occupait de tout, redressait tout, inspirait tout : l'action syndicale, la presse et les éditions, la formation des cadres, les jeunesses communistes, le Secours rouge, et les multiples organismes créés par le parti. Et il rendait compte, régulièrement, à Moscou.

Il confirma Maurice Thorez, bien qu'il le rabrouât parfois comme un collégien, dans sa prééminence sur le parti. Il avait reconnu en lui un vrai prolétarien, à la fois solide meneur d'hommes et docile aux instructions du Komintern. Ils étaient si liés que le « représentant » devint l'amant de la première femme de Thorez lorsque celui-ci en divorça, et sans que cela créât la moindre gêne entre eux.

Rien d'étonnant à ce que, sous cette férule, le P.C.F. soit devenu le plus stalinien des partis communistes, ce que, par imprégnation mentale et force des habitudes, il resterait jusqu'à nos jours, n'ayant jamais désavoué le stalinisme que du bout des dents.

Les mêmes archives ont révélé que, si le terme de « Front populaire » fut sans doute inventé par Thorez, ce fut Staline lui-même qui, avec son pragmatisme habituel, en eut l'idée et inspira sa formation. Inquiet, à juste titre, de la montée du nazisme et de l'anticommunisme agressif qu'affichait Hitler depuis sa prise du pouvoir, il jugea nécessaire un rapprochement avec les socialistes français et la constitution d'un « front » unique qui pourrait même s'étendre jusqu'aux radicaux. Il fallait faire feu de tout bois. Un virage à cent quatre-vingts degrés. Il renonçait à ce qu'il avait toujours affirmé : « La social-démocratie est objectivement l'aile modérée du fascisme. »

Le P.C. français eut donc à opérer ce mouvement et l'opéra bien. La S.F.I.O. cessait d'être le repaire des « sociaux-fascistes », des « sociaux-traîtres », pour devenir un appoint aux « forces de paix ». L'attitude des militants changea, et même leur comportement. Les vendeurs de *L'Humanité* ne déambulaient plus, le dimanche, en casquette ; ils portaient un chapeau mou. On devait montrer aux bourgeois qu'on était un parti respectable. On osait même parler de la France, du « peuple de France ».

L'époque était aux « pactes ». Dès la fin de 1932, Staline avait signé avec Édouard Herriot, président du Conseil et chef du parti radical, un pacte de non-agression entre la France et l'U.R.S.S. Ce fut Maurice Thorez qui alla proposer à Léon Blum un « pacte » d'unité d'action qui, dès qu'il fut conclu, procura au P.C. des succès évidents dans les scrutins locaux. Toute la gauche frémissait ; socialistes et communistes défilaient ensemble.

Au VIIe Congrès de l'Internationale communiste, à Moscou, en 1935, afin de bien montrer que la France était désormais le principal point d'appui de la politique étrangère de l'U.R.S.S., Maurice Thorez entra dans la salle immédiatement après Staline, fut assis à sa droite, et, quand il prononça son rapport, fut ovationné par les centaines de délégués de soixante-quinze « sections » du Komintern. Ce sont des hauteurs dont on ne se relève pas.

Aux élections législatives de 1936, dites du « Front populaire », les communistes, qui jusqu'alors n'avaient jamais remporté plus de dix sièges, entraient à la Chambre avec soixante-douze députés.

Mais ce fut Staline, encore lui, qui déconseilla, ce qui avait valeur d'ordre, aux communistes de participer au gouvernement. Il ne souhaitait pas qu'ils fussent compromis, le jour qu'il prévoyait où les radicaux rompraient le front unique. Ce qui ne manqua pas d'arriver.

Staline fut un des seuls réalistes du XXe siècle : il sut toujours regarder *en avant.* Si j'étais Russe, je lui aurais conservé une ou deux statues.

Mais pour les Français, l'Histoire change de visage lorsqu'on découvre, après tant d'années, que ce fut pour le service de la politique étrangère de l'U.R.S.S. que le Front populaire fut inventé, et que son beau programme était d'abord un masque, à l'insu même de la plupart de ceux qui le modelaient dans l'enthousiasme.

Ainsi, seize ans seulement après le congrès de Tours, la S.F.I.O. – qu'on ne désignait plus communément que comme le Parti socialiste –, alliée au Parti communiste, et auxquels s'étaient joints les radicaux-socialistes, qui n'étaient plus ni radicaux ni socialistes, mais un parti hétérogène et de perpétuel compromis, remportèrent les élections de mai 1936. Nous entrions dans le cycle du déclin.

Deux mois plus tôt, Hitler venait de réoccuper militairement la Rhénanie, au mépris du traité de Versailles ; la pusillanimité criminelle de notre gouvernement, un gouvernement radical plus soucieux de l'échéance électorale que de la sécurité du pays, l'avait laissé faire. En

Allemagne, le Führer faisait défiler ses partisans fanatisés, en uniforme, au pas cadencé ; il poussait au surarmement en exigeant des usines un rendement accru ; et son programme, raciste, de domination de l'Europe, était tout étalé dans son livre *Mein Kampf*, que presque personne n'avait lu, et dont nul à l'Ouest, sauf Churchill, qui était éloigné du pouvoir, ne tenait compte.

Dès le lendemain des élections de 1936, des grèves dures se produisirent dans tout le pays, avec pour la première fois l'occupation des lieux de travail, ce qui constituait une atteinte inédite au droit de propriété. L'objet de ces mouvements quasi insurrectionnels était de contraindre la nouvelle Chambre à appliquer le programme dit du Front populaire.

Le gouvernement de Léon Blum ne fut constitué qu'au bout d'un mois. Les communistes, tout en lui promettant leur soutien, avaient refusé, comme préconisé par Staline, d'y participer. Ils devenaient, en fait, les arbitres de la situation.

Dès la fin juin, le gouvernement créait les congés payés, la semaine de quarante heures et les conventions collectives. Allaient suivre la création de l'Office du Blé, qui ne laissait plus au marché la fixation du prix des céréales, la nationalisation de la Banque de France, qui perdait son indépendance et dont le Conseil de régence était remplacé par un conseil de fonctionnaires, la nationalisation des industries d'armement. Le principe d'appropriation collective des moyens de production, cher aux communistes, entrait en application.

Toutes ces mesures n'étaient pas injustifiées, loin de là. Certaines même, comme les congés payés, n'avaient été que trop différées par l'égoïsme ou le manque de lucidité du patronat. Qu'à l'âge des chemins de fer et des automobiles, la plupart des enfants des villes ou des pays miniers n'aient jamais pu voir la mer ni la montagne était proprement scandaleux. Le progrès est sans valeur pour la civilisation s'il ne se partage pas.

La prolongation d'un an de la scolarité obligatoire, afin de donner aux enfants un supplément de formation et d'empêcher qu'ils soient lancés sur le marché du travail avant l'âge de quatorze ans, était également une bonne mesure.

La limitation de la durée hebdomadaire du travail, alors que se développait partout la mécanisation, avait sa logique, encore que l'uniformité de cette durée n'en eût pas, toutes les activités n'exigeant pas les mêmes efforts ni n'obéissant aux mêmes contraintes. Elle visait aussi prétendument à résorber le chômage, ce qui se révéla faux, déjà ! Et surtout, elle était parfaitement insensée, alors qu'en Allemagne on portait cette durée à soixante heures afin de produire le plus d'équipements militaires le plus rapidement possible.

Rien n'est pire que des décisions justifiables prises à contretemps.

Le gouvernement du Front populaire, il est vrai, n'avait pas laissé complètement de côté, comme on a coutume de le dire, notre renforcement militaire. Le programme de Léon Blum en matière d'armement, qui continuerait à s'appliquer après lui, ne s'élevait pas à moins de cinquante-sept milliards, destinés à la création d'un matériel de guerre moderne. Mais il était si étendu dans la durée que le ministre de l'Aviation, Pierre Cot, répondrait à Churchill, qui l'interrogeait sur l'état des forces aériennes françaises : « Nous construisons en ce moment une flotte qui n'aura plus de valeur militaire quand elle sera achevée. »

Mais ce qui surtout rendit inutile l'importance de ces crédits fut l'immobilisme de l'état-major, dont les badernes s'obstinèrent dans une stratégie de tortue que la remilitarisation de la

Rhénanie et toute la politique allemande commandaient de réformer du tout au tout.

Léon Blum reçut le colonel de Gaulle, dont les théories commençaient d'être connues, et l'écouta. Mais l'entendit-il ? Blum n'avait en ce domaine ni vue lointaine, ni volonté politique.

Son gouvernement ne dura que onze mois ; mais ses effets, bénéfiques ou désastreux, furent durables.

En particulier, l'une des plus graves conséquences, bien qu'indirecte, du Front populaire fut la peur qu'il inspira à la bourgeoisie française, grande, moyenne ou petite. La hantise de la révolution prolétarienne, la terreur que ne s'installent en France « les soviets », inclinèrent nombre de gens à voir dans le régime hitlérien un rempart contre le communisme. L'extrémisme de droite pouvait se livrer à toutes les surenchères. La future collaboration vichyste sortirait de là.

Après Blum, le pouvoir repassa aux radicaux-socialistes qui, de renoncements en renoncements, achevèrent, avec cette même Chambre, de discréditer la République, pour en arriver à la honteuse et inutile reculade de Munich.

Quand ce sont les faibles qui applaudissent la paix, la défaite n'est pas loin.

III

UNE RÉSISTANCE À DOUBLE FACE

Jamais le Parti communiste français ne montra avec plus d'évidence sa totale obéissance aux ordres de Moscou que par les incroyables volte-face qu'il dut accomplir aux approches et au début de la Deuxième Guerre mondiale.

Au moment de Munich, le gouvernement soviétique était fermement décidé à empêcher Hitler de dépecer la Tchécoslovaquie. N'eût été la désastreuse reculade de Chamberlain et de Daladier devant le Führer et Mussolini, et si la guerre avait éclaté alors, Staline se serait très vraisemblablement joint à la coalition franco-britannique, passant outre au refus des Polonais de laisser traverser leur territoire par les armées russes. Tel était en tout cas le scénario que Moscou laissait accréditer et qui, s'il s'était réalisé, eût changé le sort du monde.

La France, pourtant déjà à demi mobilisée, se complut à appeler paix sauvée ce qui n'était qu'un sursis pervers. La lâcheté se masqua d'énormes sophismes. « Nous avons empêché M. Hitler d'avoir recours à la force », osèrent dire certains personnages officiels. Évidemment : on lui avait tout abandonné !

Quand Édouard Daladier, accueilli à sa descente d'avion par une foule délirante de lâche gratitude, se présenta devant la Chambre pour une déclaration sans débat, tous les partis se livrèrent à une surenchère d'approbations, sauf un seul, le Parti communiste, qui pourtant dans le passé s'était toujours affirmé pacifiste et antimilitariste. Son porte-parole, Gabriel Péri, superbe orateur, qui devait plus tard être fusillé par les Allemands, fustigea la faiblesse du gouvernement au nom du respect des alliances de la France. Mais était-ce la voix de l'honneur ou celle de Moscou qu'il faisait entendre ? Admettons que, pour une fois qui ne serait pas la seule, elles se confondaient. En tout cas, le Front populaire, déjà fêlé, n'y résista pas. Il se rompit dans les jours suivants.

Moins de onze mois après, le 23 août 1939, Staline, poussant le réalisme jusqu'au cynisme, signe avec Hitler un pacte de non-agression.

Munich lui a fait jauger la mollesse des Occidentaux ; il a tout intérêt à ne pas se laisser entraîner à leur remorque et attend de tirer les marrons du feu, c'est-à-dire son morceau de la Pologne que l'Allemagne s'apprête à envahir.

Ce coup de tonnerre, dans un ciel d'été déjà très lourd, n'est pas sans troubler, dans l'instant, les consciences communistes. Mais le « représentant » du Komintern, aux dix domiciles clandestins, est toujours là, pour dire au bureau politique ce qu'il faut faire et penser. On ne doit pas, on ne peut pas désavouer Staline. Obéissance, *perinde ac cadaver*.

En vingt-quatre heures, l'attitude du Parti communiste vire du tout au tout. Apparaissant comme l'allié « objectif » de Staline, Hitler devient respectable, le nazisme cesse d'être haïssable, et les annexions du IIIe Reich sont légitimes. En vingt-quatre heures, disons-nous ; ce n'est pas une image. Le lendemain même du pacte germano-soviétique, le gouvernement doit faire saisir les deux journaux du parti, *Ce soir* et *L'Humanité*, tant les positions qui s'y expriment sont jugées « dangereuses pour l'intérêt national et l'ordre public ». Et pourtant nos ministres ne sont pas des foudres politiques !

Dix jours plus tard, les armées allemandes

ayant franchi sans avertissement les frontières polonaises, la guerre est déclarée. La Russie n'attend que deux semaines pour entrer à son tour dans la danse et faire pénétrer ses troupes en Pologne. Un nouveau traité est signé entre Hitler et Staline, traité « d'amitié et de délimitation des frontières ». Il ne s'agit plus de non-agression ; c'est une véritable alliance offensive.

La position du Parti communiste ne change pas. Toujours dévoué à Moscou, il s'obstine dans sa propagande pro-soviétique et diffuse des consignes préjudiciables au rendement de la production industrielle.

Le gouvernement radical-socialiste se voit obligé, le 27 septembre 1939, de prendre un décret-loi d'urgence pour pouvoir dissoudre le Parti communiste français, son allié d'avant-hier dans le Front populaire, dont l'attitude est devenue vraiment trop anti-française.

Le secrétaire général du parti, Maurice Thorez, qui était mobilisé, déserte sur l'injonction du « représentant ». Celui-ci le fait passer clandestinement en Belgique, d'où il gagnera Moscou.

Le 9 octobre, trente-cinq députés communistes sont arrêtés et mis en prévention à la Santé. Les principaux dirigeants du parti échappent à la rafle, dont un des vice-présidents de la Chambre, Jacques Duclos.

Autour de celui-ci est organisé par le K.G.B., à Bruxelles, en pays neutre, une direction secrète du P.C.F.

S'il y eut, en France, ce qu'on appela une « cinquième colonne » infiltrée par l'Allemagne, et dont on n'a jamais bien su d'ailleurs de qui elle était composée ni en quoi elle contribua à la défaite, il y eut aussi une « sixième colonne » pro-soviétique, dont le rôle ne fut à vrai dire que moral.

La chose peut paraître aujourd'hui invraisemblable, mais elle fut. Il y eut certes, parmi les communistes, quelques individus, comme il y en eut dans tous les milieux, qui, après la défaite de juin 1940, mirent le sentiment de la patrie au-dessus de leur obédience idéologique, et qui commencèrent, comme ils purent, une hésitante résistance ; mais ils furent peu nombreux et mal vus du parti, jusqu'à ce que celui-ci récupérât leurs actions quand il lui fut avantageux de le faire. Les autres, pendant toute une année, allaient conserver leur bienveillance à l'égard d'une Allemagne alliée des Soviets. Quelle étrange mystique, chez ces adeptes de la philosophie matérialiste marxiste, leur faisait-elle placer l'illusoire espérance de la révolution mondiale avant le refus de la servitude ?

Le 18 juin 40, jour où de Gaulle lançait son Appel, Duclos faisait faire une démarche auprès des autorités allemandes d'occupation, à Paris, pour obtenir l'autorisation de republier *L'Humanité*, négociation qui sera poursuivie avec Otto Abetz, le représentant d'Hitler.

Ce fut là une tache sur l'honneur du Parti communiste qui ne pourrait se laver qu'avec du sang. Elle le serait, effectivement et abondamment.

Le 21 juin 41, les armées allemandes envahissaient la Russie. Nouveau retournement du Parti communiste. Dans l'heure, Hitler redevient la bête immonde, et le nazisme la plaie du genre humain. Le mot patrie retrouve un sens ; la lutte pour la libération du sol national doit s'imposer à tous, et résister à l'occupant est un devoir. Quelle souplesse chez ces rigides, quelle adaptabilité chez ces doctrinaires !

La résistance communiste, en France, fut donc tardive, mais guère plus que la plupart des autres, qui mirent un certain temps à se constituer. Et elle fut efficace. L'organisation du parti en cellules, la dissimulation à laquelle il avait dû se plier après sa dissolution, et les méthodes

« conspiratives » importées de Russie, le prédisposaient à la clandestinité. Ses chefs avaient l'habitude des rendez-vous secrets, de caches repérées, des transmissions secrètes.

Les mots d'ordre et les lignes d'action furent rapidement fixés. Alors que les autres mouvements, à leurs débuts, se tournaient surtout vers le renseignement et la presse clandestine, les actions violentes, les sabotages, les attentats furent privilégiés par la direction communiste. Il fallait des morts pour provoquer les réactions de l'occupant ; il fallait que celui-ci répondît par des prises d'otages et des exécutions pour que l'indignation et la haine de la collaboration vichyste se répandissent dans la population.

Le Parti communiste eut ses héros et ses martyrs. Il eut aussi ses stratèges, qui ne perdirent jamais de vue ses objectifs politiques, ni ne négligèrent sa propagande. Il se proclama bientôt le « Parti des fusillés », comme s'il était le seul à en avoir, de même qu'il s'obstine à s'intituler aujourd'hui le « Parti des travailleurs », comme si les communistes étaient les seuls laborieux. Les appropriations abusives font aussi partie des méthodes léninistes.

Recruter des adeptes, se trouver des alliés de tous bords entrait dans une stratégie qui visait, autant qu'à la libération, à la prise du pouvoir. Ainsi fut créé le « Front national », mouvement clandestin dirigé par le parti, mais qui cherchait à rassembler les résistants de toutes tendances, avec son organisation armée à laquelle fut donné le nom de « Francs-tireurs et partisans », les F.T.P. L'appellation était très volontairement choisie. Le terme de franc-tireur exclut ceux qui le portent, s'ils sont pris par l'ennemi, du traitement de prisonniers de guerre, selon les dispositions de la Convention de Genève. Le franc-tireur est fusillé. Il fallait des victimes ; les communistes ne faisaient pas d'économies.

Ils restèrent longtemps réticents à se joindre aux autres forces de l'intérieur, et à entrer dans le Conseil national de la Résistance, sous l'autorité nominale du général de Gaulle, que celui-ci avait donné mission à Jean Moulin de constituer. Encore conservèrent-ils l'autonomie de leurs formations armées.

Arriva le moment, tellement attendu, tellement espéré, du débarquement des troupes alliées et de la libération progressive du territoire. Repli ou déroute, mais non sans cruautés, des divisions allemandes ; effondrement de Vichy ; enthousiasme délirant des populations ; règlements de comptes souvent sommaires ;

tribunaux improvisés ; effervescence quasi insurrectionnelle. Les matamores de la dernière heure n'étaient pas les moins agités.

Le gouvernement d'Alger et les Forces françaises de l'Intérieur avaient préparé un dispositif de reprise en main de l'administration, afin de pourvoir d'urgence au fonctionnement des services publics.

Les communistes aussi avaient prévu leur dispositif, qui visait, par des Comités de libération brusquement surgis, à s'assurer du pouvoir municipal dans le plus grand nombre possible de villes libérées.

Et les Américains également avaient le leur, sous forme d'un corps spécialement organisé, l'A.M.G.O.T.[1], constitué d'officiers du Texas, du Missouri ou d'ailleurs, déjà désignés pour des postes précis, et qui s'annonçaient eux-mêmes : « mayor of Toulouse, mayor of Lyon, préfet of Gironde ». Une monnaie d'occupation était déjà imprimée. En somme, ils s'apprêtaient à traiter la France comme un territoire repris à l'ennemi et où, de surcroît, une guerre civile pouvait éclater à laquelle ils auraient à mettre bon ordre.

---

1 *Allied Military Government of Occupied Territories.*

Il fallut le génie du général de Gaulle, son auréole de visionnaire et de libérateur, l'autorité naturelle qui émanait de sa personne, mais aussi son habileté manœuvrière, pour épargner à la France, après une défaite humiliante et une occupation atroce, un drame supplémentaire, et lui permettre de se retrouver vraiment libre et maîtresse d'elle-même.

Mais ramener les communistes dans la légalité républicaine, alors qu'ils contrôlaient le tiers des provinces, leur faire accepter ou partager les pouvoirs nommés, désarmer les F.T.P. et les incorporer aux armées régulières, l'entreprise était rien moins qu'aisée.

Staline avait dit en riant à de Gaulle, lors du voyage que celui-ci fit à Moscou, et quand fut évoqué le retour de Maurice Thorez en France : « Ne le mettez pas tout de suite en prison ! »

C'était manière de faire entendre qu'il ne soutiendrait pas une tentative de subversion en France. Implanter le communisme dans la vaste zone d'influence qu'il s'était fait reconnaître à Yalta lui suffisait pour l'heure. Lui aussi savait apprécier l'équilibre des forces. Les communistes français se le tinrent pour dit.

Ils n'en arrivèrent pas moins avec cent cinquante-deux députés, dont quelques apparentés, dans l'Assemblée constituante qui fut élue en 1945, quelques mois après la victoire. Le Parti communiste était le plus nombreux, devançant la S.F.I.O. Dans le nouveau gouvernement qu'il constitua, de Gaulle dut faire place à cinq communistes. Maurice Thorez, amnistié de sa condamnation à mort par contumace pour désertion, était nommé ministre d'État.

Tel était le prix à acquitter pour la paix publique. Nous continuons aujourd'hui encore d'en payer les intérêts.

Si nous rappelons ces choses, ce n'est pas seulement pour ceux qui, les ayant vécues, ont pu les oublier, mais surtout pour ceux, bien plus nombreux, à qui on ne les a jamais apprises. Remonte à ces années douloureuses l'apparition de ce qu'on appela les « compagnons de route ». Compagnons plus ou moins proches des communistes, et pour une route plus ou moins longue. Leurs motivations furent diverses.

En premier lieu, il faut placer la fraternité de risque et de combat. Si des divisions, voire des affrontements, pouvaient exister entre les états-majors de la Résistance, sur le terrain il n'en était rien. On ne demandait pas, dans la nuit, autour des aérodromes clandestins, à quel parti appartenaient ceux qui allaient débarquer, ceux qui allaient embarquer, et ceux chargés de baliser le champ cahoteux où les petits Lysander se posaient. La nuance politique n'était pas affichée sur la porte qui s'ouvrait à qui, poursuivi par la Gestapo, cherchait refuge ou abri.

Aragon, communiste dont le talent ne fut jamais plus grand que lorsqu'il se fit chantre national, l'a dit d'un vers devenu quasi proverbial :

« Celui qui croyait au ciel, celui qui n'y croyait pas. »

Des amitiés naquirent là qui ne se démentirent jamais et qui durent encore, parmi les survivants.

Il y eut aussi le rejet commun du régime de Vichy qui, se déshonorant dans la collaboration, déshonora du même coup les mots dont il s'était fait panonceau : « Travail, Famille, Patrie », rejet qui porta des hommes qui n'étaient pas de gauche vers la gauche extrême.

Il y eut encore l'admiration qu'inspira la Russie en guerre, par l'héroïsme de son armée, et par la formidable hémorragie dont souffrit son peuple : vingt millions de morts. Ce sang russe fut l'un des éléments déterminants de la victoire, et Stalingrad fit plus pour le communisme que toutes les propagandes doctrinales. Des aviateurs de la France Libre combattirent dans le ciel de Russie. Ce sont choses qui ne se peuvent oublier.

N'omettons pas non plus les dispositions naturelles de la jeunesse. Quand on a vingt ans, que l'on sort d'années de privations, de hontes, de craintes, de deuils, de délations et de bassesses, comment ne pas croire ceux qui vous promettent un monde de justice, un monde meilleur où s'épanouirait un homme nouveau ? Ils n'avaient lu ni Marx ni Lénine, et ils ne savaient rien du début des Soviets, tous ces jeunes gens qui se sentirent attirés vers le communisme. Mais ils avaient besoin *d'autre chose*, et rien ne s'offrait à eux que ce faux rêve-là. Certains y adhérèrent et furent endoctrinés. D'autres en restèrent à la sympathie, mais prolongée. Qui donc a dit : « On ne peut reprocher à personne d'avoir été aveuglé par l'espérance » ?

Enfin, s'ajouta pour beaucoup, après que le général de Gaulle eut été mis dans l'impossibilité de poursuivre le redressement de la France, le dégoût d'une IVe République impuissante, vouée au jeu des partis, à l'instabilité gouvernementale chronique, et à des guerres coloniales moralement condamnables et à contresens de l'Histoire. Je n'ai nullement oublié, ni ne cherche à faire oublier que, pour ces raisons-là, et sans avoir jamais été entamé par le matérialisme marxiste, j'ai pris en diverses occasions des positions proches de celles des communistes.

Cela faisait beaucoup de monde autour d'eux. Les yeux des « compagnons de route » s'ouvrirent plus ou moins vite sur les réalités du pouvoir totalitaire, et sur la soumission volontaire du Parti communiste français aux ordres de Moscou. Certains ne les ouvrirent jamais, qui professent aujourd'hui encore que le socialisme marxiste était la voie juste, qu'il a été mal appliqué, et que l'écroulement de l'U.R.S.S. nous a privés de la seule idéologie valable.

Cette idéologie continue d'imprégner le peuple français bien plus qu'il n'en a conscience.

IV

LE STATUT DE LA FONCTION PUBLIQUE OU L'ÉTAT SCHIZOPHRÈNE

Dans le gouvernement de 1945, où de Gaulle avait dû faire place aux communistes, ceux-ci eussent voulu avoir l'armée ; ils eurent l'armement. Ils auraient également souhaité l'Intérieur. En compensation Maurice Thorez, ministre d'État, demanda et reçut la Fonction publique. Attribution sans risque subversif immédiat, mais dont les conséquences seraient lourdes et longues. La Fonction publique, c'est tout l'appareil de l'État, ses leviers et ses rouages.

Dimanche 20 janvier 1946 : de Gaulle, cet homme que l'on n'avait cessé d'accuser de boulangisme et de visées dictatoriales, tirait sa révérence, non sans un certain mépris amer. Assuré de ne pouvoir donner au pays la constitution qu'il jugeait nécessaire, se refusant à tenir le rôle de potiche dans celle que l'Assemblée voulait imposer, il convoqua les ministres rue Saint-Dominique dans la salle dite « des armures » et, les tenant debout, leur adressa ces paroles : « Le régime exclusif des partis a reparu. Je le réprouve. Mais, à moins d'établir par la force une dictature dont je ne veux pas et qui, sans doute, tournerait mal, je n'ai pas les moyens d'empêcher cette expérience. Il me faut donc me retirer. Aujourd'hui même, j'adresserai au Président de l'Assemblée nationale une lettre lui annonçant la démission du gouvernement. »

Et il sortit, laissant les ministres pantois. Thorez dit : « Voilà un départ qui ne manque pas de grandeur. » Et comme les ministres M.R.P., c'est-à-dire démocrates-chrétiens, voulant faire bonne figure, déclaraient : « Nous sommes placés devant la lourde responsabilité de succéder à de Gaulle. Notre mouvement tâchera d'en être digne », Thorez, haussant les épaules, répliqua : « Allons donc ! Du moment qu'avec le Général vous ne pouviez pas vous en sortir, comment le ferez-vous sans lui ? » Il avait des côtés sympathiques, Maurice Thorez.

Mais de Gaulle part, et lui reste. Il devient même vice-président du Conseil, dans des gouvernements sur lesquels il peut peser davantage. Et il conserve la Fonction publique, dont il prépare le statut.

Ce statut est la conséquence de celui promulgué en 1941 par l'amiral Darlan, ministre de l'Intérieur du gouvernement de Vichy : une loi qui n'édictait que contraintes, sanctions et dispositions racistes odieuses. Cette horreur devait être effacée. L'élaboration d'un nouveau statut était au programme du Conseil national de la Résistance, où siégeaient les communistes, et qui avait commencé d'y travailler dans la clandestinité. Mais un excès peut en engendrer un autre. Le pétainisme nous aura coûté cher !

La loi portant statut général des fonctionnaires, du 5 octobre 1946, est signée de Maurice Thorez ; elle en a la marque idéologique et tactique. On peut dater de cette loi l'alourdissement des administrations, leur tendance à un accroissement pléthorique, la lenteur de leurs procédures, et l'incapacité chronique de l'État à procéder aux réformes les plus évidemment nécessaires. Du béton, cette loi !

Si l'Allemagne, un demi-siècle après son écrasement, est devenue plus puissante que la France, c'est d'abord parce que sa République fédérale n'eut pas, pendant des années, tandis qu'elle se reconstruisait, une armée à entretenir ;

mais c'est aussi et surtout parce qu'elle n'avait pas de parti communiste et parce que ses fonctionnaires ne disposèrent pas des privilèges et tolérances invraisemblables qui furent accordés aux nôtres. La grève leur était interdite.

C'est la loi Thorez qui a installé dans les administrations un pouvoir syndical qui ampute celui des ministres. Elle a institué les Commissions paritaires, qui donnent aux syndicats une large part d'autorité, généralement paralysante, sur la gestion des personnels et la marche même des services.

Quand un ministre prend sa charge, il doit obligatoirement réserver trois précieuses heures pour entendre les représentants syndicaux exposer leurs revendications qui n'ont jamais été suffisamment satisfaites par le passé. C'est là un rite.

J'en parle en connaissance de cause. Lorsque j'eus à me soumettre à cet exercice, il me fallut m'astreindre à écouter verbiage et doléances mesquines d'au moins quatre délégués par direction ministérielle, selon les nuances politiques des différents syndicats, pour enfin arriver à cette déclaration, prononcée d'un ton pathétique par le délégué de la C.G.T. qui semblait bien leur meneur : « Monsieur le Ministre, nous avons eu des promesses de Monsieur Malraux qui n'ont pas été tenues. Monsieur Michelet nous avait fait des promesses qui ne furent pas tenues non plus. Avec Monsieur Duhamel ce fut la même chose, et plutôt pire. Alors cette fois, il nous faut, Monsieur le Ministre, vous demander des promesses formelles… » Je le coupai net, et lui répondis : « Monsieur le délégué, je vous ai entendu. Je ne vous ferai donc aucune promesse, car je n'ai pas envie d'emm… mon successeur. »

Ce langage inhabituel laissa mes interlocuteurs quelque peu décontenancés. Ils comprirent que je ne serais pas facile à manipuler, et les syndicats me laissèrent à peu près tranquille jusqu'à mon départ, qu'ils souhaitaient le plus rapide possible. Après quoi, ils reprirent leurs jeux.

Même attitude de la part de René Monory lorsqu'il arriva à l'Éducation nationale. Lors de la réunion traditionnelle, il annonça d'emblée : « Messieurs, j'ai l'impression que, depuis des années, le ministre n'est là que pour appliquer la politique des syndicats. Je tiens à vous dire qu'il y a quelque chose de changé. Désormais, les syndicats voudront bien appliquer la politique du ministre ! » Il eut la paix pour six mois, mais pas plus.

Car quoi qu'on veuille ou qu'on fasse, on ne

peut empêcher que, appuyés sur les statuts de 46, les syndicats ne contrôlent ou ne régissent le déroulement des carrières, les avancements, les mutations, les sanctions. Sauf pour les très hauts postes, la promotion au mérite ou au rendement est impossible ; les fonctionnaires, bons ou mauvais, progressent d'échelon en échelon à leur tour de bête. L'absentéisme est toléré, sinon encouragé, les syndicats ménageant leurs clientèles. Il faut qu'une faute soit gravissime, une malhonnêteté vraiment énorme ou un scandale vraiment patent, pour qu'une mesure disciplinaire soit prononcée. Le coupable trouve toujours un syndicat pour le couvrir ou lui trouver des circonstances atténuantes. La paresse, la lenteur, l'inattention, l'erreur, toutes choses préjudiciables aux citoyens, sont fautes vénielles et d'avance absoutes.

Les syndicats vont jusqu'à intervenir, comme c'est le cas principalement à l'Éducation nationale, dans les orientations mêmes de la politique générale, allant jusqu'à la bloquer. Si le gouvernement est de droite, il a toujours tort et, s'il est de gauche, il n'en fait jamais assez.

On en arrive ainsi à avoir un État à double commande, l'une gouvernementale, l'autre syndicale, avec un pouvoir contestataire installé à l'intérieur même du pouvoir agissant. Autant dire que l'État est schizophrène.

On surprendrait beaucoup les syndicats de fonctionnaires si on leur affirmait qu'ils sont en fait des « soviets », soviets rampants, soviets latents, mais soviets quand même, et en attente, si les circonstances s'y prêtaient, de prise complète du pouvoir.

Il y a là un péché contre l'esprit. Les syndicats ont été créés, aux temps premiers de l'industrie et du capitalisme, pour défendre les employés contre l'inhumanité et les abus des employeurs privés. Non pour s'opposer à l'État, non pour le traiter comme un vulgaire employeur, puisque c'est lui qui a charge de faire respecter les droits de tous.

Un principe fondamental, qui vaut pour toute société organisée, veut qu'il n'y ait jamais d'interruption du service public. Sa continuité est la condition même de son existence. Toute grève de fonctionnaires est par essence une forfaiture collective. Qui s'en avise encore ? Personne. Les grèves dans la fonction publique sont devenues une telle habitude qu'elles sont entrées dans les mœurs et que chacun les subit en maugréant plus ou moins, mais sans protester vraiment, comme il en va pour les calamités naturelles.

Il existe un deuxième principe, aussi impératif et aussi oublié, méconnu, bafoué. Le fonctionnaire est à son poste pour appliquer la loi, exécuter les ordres du gouvernement, intelligemment si possible, mais sans les juger ni les contester : *mutatis mutandis*, il est dans la situation de l'officier dont la vocation est d'exécuter les ordres de l'état-major ou de ses supérieurs hiérarchiques, sans les discuter. Son désaccord ne peut s'exprimer que s'il l'accompagne de sa démission, en temps de paix, ou, en temps de guerre, par la désobéissance, mais à ses risques et périls. Si l'Histoire lui donne raison, il est un héros ; si elle lui donne tort, il passe en conseil de guerre. L'idée est-elle jamais venue à personne de voir se constituer des syndicats d'officiers ? Or, personne ne voit un objet de scandale dans le comportement des syndicats des services publics. On pourrait dire que deux notions se sont perdues sans même que nous en ayons conscience : celle de service et celle de public.

Qu'il existe dans les administrations des organismes professionnels propres à s'intéresser aux cas individuels, à dénoncer les abus d'autorité, à signaler les insuffisances dans les équipements, les défauts dans les méthodes, ou à proposer des améliorations, cela va de soi.

Mais qu'il y ait plusieurs syndicats de policiers, de tendances politiques diverses, qu'il y ait un syndicat de magistrats de gauche, et un de moins à gauche, et un autre de droite, ce sont là vraiment des scandales, et hélas, des scandales admis.

Si la France décline, si elle n'occupe plus en Europe et dans le monde la place et le rang qui devraient être les siens, c'est en grande partie parce qu'elle est malade de sa fonction publique. Maladie de langueur, mais qui ne pourra durer indéfiniment. Ses organes essentiels souffrent d'une infection pernicieuse.

Quand Thorez – j'y reviens – présenta devant l'Assemblée sa loi, en 46, il déclara qu'elle marquait la fin du « régime administratif fondé sur les bases essentiellement autocratiques que lui avait données Napoléon ». Et il parla aussi de la « libération » des fonctionnaires. L'administration française, admirable, admirée, et qui avait servi de modèle à tant d'autres pays pendant près de cent cinquante ans, avait vécu.

Il vaut d'être rappelé que le porte-parole du Parti socialiste qui le suivit à la tribune qualifia de « totalitaire » l'esprit du statut. Ce qui n'empêcha pas ce parti, avec le courage qu'on lui connaît, de voter la loi, avec d'ailleurs l'Assemblée entière.

On pourrait penser qu'il y avait un certain

illogisme, chez les communistes, à mettre en place un système, non pas « totalitaire » mais pré-révolutionnaire, et si éloigné du modèle soviétique, vraiment autocratique celui-là, où la soumission absolue des fonctionnaires était la règle, où le zèle était prôné, la grève interdite, et où la moindre faute, fût-elle supposée, vous expédiait en Sibérie.

C'est mal connaître la logique révolutionnaire. Le dépérissement de l'État comme aboutissement de la société idéale est un des dogmes du marxisme. Mais on connaît le formidable sophisme de Staline : « Le dépérissement de l'État passe par le renforcement de l'État. » Donc, toutes rigueurs et contraintes sont bonnes pour l'État socialiste puisqu'il prépare le bonheur du genre humain. Toutes contestations, oppositions internes, indisciplines sont justifiées à l'égard de l'État bourgeois, qui doit être détruit, puisqu'il opprime l'homme.

Il y a souvent de la naïveté, du cynisme et même de la sottise dans le raisonnement des marxistes. Mais, comme l'a écrit Jean-François Revel[1] : « La systématisation idéologique

1. *Fin du siècle des ombres* (Fayard, 1999).

s'empare du grand esprit comme de l'imbécile, elle guide l'action du lâche comme de l'homme courageux. » Nous avons tous été plus ou moins imprégnés de cette systématisation, et, par la répétition des comportements politiques, elle est entrée dans notre inconscient collectif.

Un jour que je demandais à Anatoli Sobtchak, le célèbre maire de Saint-Pétersbourg, et l'un des seuls vrais réformateurs russes – ne commença-t-il pas par rendre son ancien nom à la capitale de Pierre le Grand ? –, ce qu'il y avait de plus difficile à accomplir pour refaire de la Russie la grande puissance qu'elle doit être : « Changer les mentalités », me répondit-il.

On s'en est bien aperçu dans les pays de l'Est européen dont les cadres et les fonctionnaires subalternes, même sincèrement heureux d'être délivrés de l'hégémonie soviétique, ont gardé leurs habitudes et leurs comportements d'apparatchiks. Une grande partie de nos agents publics sont des apparatchiks, volontaires ou involontaires, de la démolition de l'État démocratique.

C'est encore au calamiteux statut de la fonction publique, assorti de sa grille des salaires, que nous devons l'impossibilité d'augmenter les traitements d'une catégorie de fonctionnaires sans augmenter automatiquement ceux de toutes les autres. Veut-on relever les émoluments assurément trop bas des instituteurs, des officiers, des magistrats, qui ne leur permettent pas de tenir dignement leur rang dans la société, il faut relever d'autant le salaire de tous les balayeurs des salles d'audiences ou de collège. Alors, après des discussions interminables entre l'État et les syndicats, on relève d'un point, d'un demi-point, d'un quart de point, ce quart de point représentant un nombre considérable de milliards, l'ensemble des traitements de ce monolithe qu'est la fonction publique. Et personne n'est satisfait. Mais le mécontentement est l'engrais, savamment entretenu, de la végétation syndicale et de sa prolifération parasitaire dans l'État.

Il n'est pas rare que l'on chuchote ici ou là qu'il faudrait vraiment réformer le statut de 1946. Mais nul n'ose le dire à haute et intelligible voix. Trop d'effrayés répondent : « Oh ! qu'avancez-vous là ! ce serait une révolution ! »

Or, elle viendra fatalement, cette révolution. À moins qu'on ne renonce à la France.

V

20 000 EMPLOIS FICTIFS, ET QUELQUES AUTRES AVANTAGES

Depuis que, par la grâce d'une nouvelle génération de magistrats instructeurs, génération qui n'est d'ailleurs plus si nouvelle, certaines mauvaises habitudes sont devenues des crimes, la justice traque l'emploi fictif.

Président d'une entreprise où vous êtes majoritaire, rétribuez-vous une sténodactylographe que vous mettez à la disposition d'un député qui défend vos convictions ? Emploi fictif. Vous voilà traîné devant les tribunaux, et désigné à l'opprobre public, pour « abus de biens sociaux », même si ces biens sont en majorité les vôtres, tandis que le député, lui, est coupable de « recel de biens sociaux », ce qui l'assimile, aux yeux de son électorat, à un vulgaire trafiquant d'objets volés.

Maire d'une commune moyenne, avez-vous demandé à un employé municipal, après qu'il a tondu votre pelouse, de servir le déjeuner que vous offrez en votre domicile à des notables de la ville ou à des personnalités de passage ? Vous voici mis en examen pour « détournement de fonds publics ». Le procès durera trois ans et la presse se chargera, tous les quinze jours, de rappeler que vous êtes sous le coup d'une lourde condamnation, comme si vous aviez puisé à pleines mains dans la caisse municipale.

Mais personne ne songe à évoquer les 20 000 emplois fictifs qu'abritent les administrations. Quand j'avance ce chiffre de 20 000, je suis assurément au-dessous du compte. Il y a vingt ans, on les estimait, mais estimait seulement, entre 16 et 18 000. Car le nombre exact n'a jamais pu être établi, bien qu'il existe un ministère de la Fonction publique qui pourrait peut-être essayer de le savoir. C'est là, semble-t-il, un sujet tabou autour duquel est maintenu un épais silence.

De qui s'agit-il ? De fonctionnaires mis à disposition des syndicats et de ce fait dispensés de tout service. Ils perçoivent leurs émoluments, progressent dans leurs échelons à raison de leur ancienneté. Ils ont des bureaux, dans les ministères mêmes, et des secrétaires, fonctionnaires également et rémunérées par l'État. Ne sont-ce pas là autant d'emplois qui peuvent être qualifiés de fictifs tout autant que ceux de tels ou tels agents municipaux prêtés à la direction d'un parti politique, puisque c'est à des syndicats *politiques* qu'ils sont affectés ?

Il existait jadis une règle morale dans ces arrangements associatifs. « On fait d'abord sa journée de travail, et ensuite on s'occupe du travail syndical. » Époque héroïque ! Nous avons aujourd'hui des fonctionnaires de la réclamation.

À quoi servent-ils donc, ces vingt mille inopérants, mis en congé et qu'on appelle les « permanents » des syndicats ? À confisquer une partie du pouvoir ministériel, comme je l'ai dit plus haut, à discuter pied à pied avec l'autorité gouvernementale, et souvent à l'emporter sur elle, à régir les déroulements de carrière, à s'opposer à tout licenciement pour insuffisance professionnelle, à réclamer, réclamer, toujours réclamer pour les personnels des « avantages » qui, dès qu'accordés, deviendront « acquis » *ad vitam aeternam*, qu'il s'agisse d'horaires, de congés ou encore de « primes ».

Car, pour pallier les inconvénients de l'inflexible grille des salaires, on a inventé le système des primes, assez opaque, et qui donne matière à revendications infinies. N'a-t-on pas dénombré 1 300 catégories de primes ! Pourquoi les uns touchent-ils telle rémunération complémentaire, et les autres pas ? On ergote sur tout, on palabre interminablement. On palabre dans les commissions paritaires ; on palabre dans les services ; on palabre entre centrales syndicales pour décider si l'on va faire grève ou pas, et sur quels points on va demander l'ouverture de négociations.

On se donne pour défenseurs des malheureux fonctionnaires harassés en cherchant à réduire les temps de service et en calculant généreusement les « pauses ». N'en est-on pas venu à fixer des durées d'absence pour de théoriques raisons de santé ? Et il n'est pas rare d'entendre dans les bureaux des employés se portant comme le Pont-Neuf déclarer, sans provoquer le moindre sourire : « Je n'ai pas encore pris mes congés de maladie. J'y ai droit… »

Tout cela procède d'un formidable détournement de principes.

Les syndicats furent créés, avec quelle peine et après quelles luttes, pour défendre les ouvriers contre l'égoïsme du premier patronat capitaliste, au XIXe siècle, contre les horaires exténuants, les salaires de misère, l'absence de toute protection contre les accidents, les infirmités, le dénuement dans la vieillesse.

Les syndicats n'ont pas été institués pour

dresser les employés de l'État contre l'État, c'est-à-dire contre la collectivité publique.

L'État n'est pas capitaliste. Et c'est une monstruosité, monstruosité fabriquée par les communistes, que d'avoir assimilé les fonctionnaires à la classe ouvrière. L'État fonctionne, ou doit fonctionner, pour le bien de tous, et non pour celui de ses seuls agents. Les déficits causés par la surpopulation administrative sont supportés par tous, y compris donc par les agents mêmes qui n'ont jamais voulu le comprendre, ou auxquels on se garde bien de le rappeler, comme s'ils n'étaient pas, eux aussi, contribuables.

Alors que le syndicalisme est devenu de plus en plus faible dans le secteur privé, et pratiquement inexistant dans les petites entreprises où l'emploi est le plus précaire et le moins rémunéré, il prospère dans l'État. Celui-ci est le plus gros employeur : plus de deux millions de fonctionnaires. Nous battons là-dessus tous les records. Or, les mesures et les méthodes qui s'imposent à toute entreprise privée soucieuse de l'intérêt de ses actionnaires – allégement des effectifs, diminution des coûts de production, recherche des meilleurs rendements – sont vigoureusement repoussées par les représentants du personnel dans une entreprise dont les actionnaires sont tous les citoyens.

Aucune réforme ne peut être seulement envisagée sans provoquer ce que l'on appelle pudiquement des « mouvements sociaux ». Et l'on maintient en fonction quantité de services inutiles, d'organismes qui ne répondent plus aux besoins pour lesquels ils ont été créés, par crainte de se heurter au refus des employés d'être mutés dans des services nouveaux pour lesquels il faut engager du personnel. Quelle manufacture pourrait survivre si elle conservait des ateliers d'entretien pour des appareils dont nul ne se sert plus ?

Les fonctionnaires bénéficient de la garantie de l'emploi et de la garantie de retraite. Le chômage ne les menace jamais. Le salaire moyen, dans la fonction publique, est, depuis une dizaine d'années, supérieur au salaire moyen dans le secteur privé, et bénéficie d'une augmentation automatique. Et les traitements des catégories les plus méritantes pourraient être haussés si l'administration n'était pléthorique et si les syndicats ne mettaient pas une telle obstination à organiser la gabegie.

Quand donc la classe politique, surmontant ses pusillanimités électorales, aura-t-elle le courage de dire, à ses électeurs précisément, que la France est malade de la syndicalisation de sa fonction publique ?

VI

NATIONALISER, POUR LE ROI DE PRUSSE ORIENTALE

Aux effets pervers du statut de la fonction publique se sont combinés ceux des nationalisations.

L'appropriation collective des moyens de production était un des dogmes du communisme. L'occasion était trop belle, à la Libération, d'obliger la France à s'incliner devant ce dogme, en assimilant collaboration et capitalisme.

Cette appropriation est intrinsèque aux États marxistes totalitaires, et l'on en a vu, à l'usage, les beaux résultats. À l'égard d'un État libéral, elle est une dramatique hérésie.

Si l'État se veut ce qu'il doit être, indépendant et impartial, il ne doit intervenir que là où il est incontestablement irremplaçable. Autrement dit, il lui incombe d'entretenir le réseau routier qui relie toutes les villes entre elles, mais non de fabriquer les voitures qui y circulent. L'inconduite civique de Louis Renault pendant l'Occupation était un prétexte, mais un prétexte seulement, à nationaliser ses usines. La C.G.T. a établi là une de ses plus fortes masses de manœuvre qui, installée aux portes de Paris, a pesé pendant des décennies sur la politique française.

Si l'État produit, il ne peut le faire qu'en situation de monopole. Il ne saurait se permettre d'entrer dans le circuit de la concurrence. Ce n'est pas de sa dignité. L'État est là pour fixer les règles du jeu, non pour jouer, et, en plus, pour perdre. Or, la pesanteur des procédures dans les entreprises publiques, la fonctionnarisation de leurs personnels, l'irresponsabilité matérielle de leurs cadres les disposent mal à la compétition. Et, si elles usent des procédés parfois douteux auxquels ont recours les compagnies privées dans le marché international, le discrédit en retombe sur l'État. Voir les affaires Elf-Aquitaine.

L'État n'a pas davantage à se faire banquier, gestionnaire de fortunes ou spéculateur sur les changes. La nationalisation du crédit est une autre foutaise démagogique d'inspiration communiste. Il doit y avoir une banque d'État, pour veiller sur la monnaie et réaliser les opérations que doit accomplir la puissance publique. Un point, c'est tout. La nationalisation des autres banques n'est qu'un bon levier d'action politique ; on prête à qui l'on choisit. Et l'on finit par la déconfiture scandaleuse du Crédit lyonnais, qui non seulement coûte cher au contribuable, mais encore éclabousse la réputation financière du pays.

Notons toutefois qu'il existe une banque dont jamais il n'a été demandé la nationalisation : la *Banque commerciale pour l'Europe du Nord*, banque du Parti communiste, à laquelle avait été étrangement consenti, sans que personne ait jamais trouvé rien à y redire ni osé le faire, le privilège des transactions avec l'U.R.S.S. Elle prélevait sa dîme sur toutes les exportations ou importations, et c'est par là que passaient, vraisemblablement, les subventions de Moscou au P.C.F. Cela faisait partie des accommodements avec le ciel rouge.

Le statut des employés du secteur économique dit « public » a naturellement été copié peu ou prou sur celui de la fonction publique, particulièrement là où il y avait monopole, comme pour les Postes ou les Chemins de fer, et où, par définition, le service ne devrait pas connaître d'interruption. Nous savons ce qu'il en est dans la réalité.

Le cas de la Société nationale des chemins de fer (S.N.C.F.) est tristement exemplaire. Qualifiée par un spécialiste de « dinosaure hérité du Front populaire de 1936 et des nationalisations de 1945 », c'est toujours un des fiefs des syndicats cégétistes.

Il a été calculé que, pour « un effectif qui représente 1 % des salariés français, la S.N.C.F. a totalisé 40 % des journées de grève comptabilisées dans notre pays en 1998 ».

Sont-ils si malheureux, si mal traités, les agents des chemins de fer, qu'ils doivent recourir à la cessation du travail pour faire améliorer leur triste situation ? On relève, dans un rapport publié dont je tire ma science [1], que les cheminots de toutes catégories touchent des rémunérations supérieures à la moyenne nationale ; que les conducteurs font moins de trente heures de conduite effective, c'est-à-dire qu'ils gagnent deux fois plus qu'un chauffeur routier en

1. Christian Julienne, *S.N.C.F., le rapport interdit* (Éditions Les Belles Lettres).

travaillant deux fois moins ; que les 10 000 contrôleurs, pas moins, ne sont de service qu'à peine plus de trente heures, qu'ils s'arrangent pour avoir chaque semaine trois jours complets de repos, avec indemnités pour les repos « hors résidence », et trouvent encore à se plaindre de l'insuffisance des effectifs dans leur catégorie ; que les autres agents, compte tenu de différents aménagements, travaillent entre trente-cinq et trente-six heures, ce qui n'a pas empêché leurs syndicats de demander l'ouverture de négociations sur l'application... de la loi des « 35 heures » !

Qu'on veuille bien me croire si j'affirme que je ne nourris aucune prévention particulière ou personnelle envers les contrôleurs de chemin de fer. Sur la ligne Paris-Bordeaux, que j'emprunte fréquemment et où il n'est pas rare d'en voir quatre ou cinq assis dans la même rame, j'en rencontre généralement de fort aimables, serviables même, avec lesquels je noue volontiers conversation. Mais j'ai peine à m'apitoyer sur leur condition, dont d'ailleurs je n'ai jamais entendu aucun se plaindre individuellement.

Faut-il ajouter que les conducteurs prennent leur retraite à cinquante ans et les autres agents à cinquante-cinq ; qu'ils touchent, pour cette retraite, entre 85 et 90 % de leur dernier salaire ; que les cheminots bénéficient à vie de la gratuité totale des transports pour eux et leurs familles, y compris les grands-parents et les beaux-parents, moyennant quoi quelque trois millions de personnes, en France, voyagent pour rien ; que leurs enfants ont priorité à l'embauche ; et enfin que la S.N.C.F. possède un parc immobilier de plus de 100 000 logements réservés à ses agents et loués à des tarifs préférentiels ?

Ah ! On comprend qu'ils l'aiment, les cheminots, la C.G.T., et qu'ils lui accordent 80 % de leurs voix aux élections syndicales ! Grâce à elle, il n'y a pas moins de 3 000 préposés, payés par l'entreprise, qui ne s'occupent de rien d'autre que du « dialogue social », et de gérer les dix à trente préavis de grève quotidiens, en période calme, et jusqu'à cent dans les moments de crise. A-t-on jamais vu des privilégiés plus exigeants ?

Pendant ce temps, les voyageurs piétinent désespérément sur les quais de gare, tantôt à Lyon, tantôt à Marseille, tantôt en région parisienne, attendant des heures le « un train sur deux », « un train sur trois » qui veut bien circuler encore. Maugréant, mais résignés, ils supportent ces brimades comme ils supportent les intempéries. L'idée ne les traverse pas que les choses pourraient se passer autrement. Depuis un demi-siècle qu'ils sont ainsi manipulés par les organisations syndicales, ils sont comme conformés psychiquement. La passivité aussi est collectivisée.

Ils ne savent pas qu'en plus, braves citoyens, ils auront 70 milliards à payer en fin d'année, puisque c'est là le montant de ce que l'État sera forcé de verser à la S.N.C.F. pour combler son déficit.

On se demande si la nationalisation des chemins de fer est encore justifiée alors qu'ils ont cessé d'être l'unique moyen de déplacement rapide, et qu'il n'y a plus que 8 % du transport des personnes et 5 % de celui des marchandises qui s'effectue par voie ferrée.

Les mêmes remarques peuvent être faites pour la Poste. Le téléphone, fixe ou portable, le fax, l'Internet ont réduit considérablement l'importance du courrier par lettres ordinaires. Or, jamais les agents de la Poste n'ont été plus revendicatifs ; jamais ils n'ont exigé plus d'allégements de leurs horaires déjà faibles par comparaison avec les autres professions ; jamais ils n'ont mis plus d'insistance à réclamer des augmentations d'effectifs. Les postiers sont, avec les cheminots, les champions de la mystique et de la tactique de la grève.

Mystique : la rhétorique communiste a fait de la revendication appuyée par l'arrêt du travail la seule cause qui enflamme les cœurs. Le vocabulaire des grèves est martial ; il ne s'agit que de luttes à livrer, de résistance, de front de combat, de victoires arrachées… pour un demi-point d'indice. On fait accroire à des gens qui se croisent les bras et écoutent pérorer leurs délégués qu'ils sont des héros du prolétariat. Autour de chaque manifestation ou occupation de locaux, on fait flotter un petit parfum de révolution d'Octobre, ou à tout le moins de Front populaire. L'Histoire ne sert plus à inspirer la fierté nationale ; elle sert à glorifier l'arrêt de travail. L'U.R.S.S. avait prôné le « stakhanovisme », c'est-à-dire la prouesse dans le rendement et la production, pour renforcer l'État socialiste. Mais on dirait qu'il y a un stakhanovisme à l'envers, pour l'affaiblissement de l'État bourgeois.

Tactique, ai-je dit aussi : les postiers sont champions de la grève de harcèlement. La grève générale risquant d'être par trop impopulaire, ils choisissent les grèves locales sur lesquelles le gouvernement fait silence, pour ne pas avouer son impuissance, et que la presse ne relève même plus tant elles tombent dans la banalité. Alors, tantôt le centre de tri de Bordeaux, tantôt celui de Nice se met en grève pour quinze jours, un mois ou plus ; alors, la distribution du courrier est suspendue, tantôt dans un arrondissement de Paris, tantôt dans un autre. Et les sacs postaux s'accumulent dans les entrepôts, au grand détriment des entreprises. Et quand les grévistes ont obtenu ce qu'ils voulaient, ils poursuivent encore la grève... pour obtenir le paiement des jours de grève.

Si l'État est incapable d'assurer continûment l'acheminement du courrier, pourquoi en conserve-t-il le monopole ?

Autre entreprise publique, l'Électricité de France (E.D.F.). Tous les consommateurs savent-ils que, lorsqu'ils appuient sur le bouton qui commande leur plafonnier, ou lorsqu'ils utilisent leurs appareils électriques, fourneaux, radiateurs, lessiveuses, lave-vaisselle, 1 % de leur dépense ira aux syndicats, où les cégétistes sont très largement majoritaires ? Il y a plus de cinquante ans que leur a été consenti ce privilège de toucher 1 % du chiffre d'affaires de l'entreprise. Cela fait beaucoup de milliards à gérer pour des anticapitalistes !

Que nos salariés soient parmi les moins syndicalisés du monde industrialisé n'y change rien. Les Suédois le sont à 91 %, les Anglais à 32,9 %, les Allemands à près de 30 %, les Américains à 24 %. Les Français ? 6,1 %, y compris l'ensemble de la fonction publique. Et ce sont ces 6,1 % qui commandent toute notre vie sociale, paralysent à leur gré la production, et sont la principale cause du déficit budgétaire. Sans que cela provoque aucune révolte, aucun sursaut.

Il aura fallu le calme courage d'Édouard Balladur pour imposer un programme de privatisations dont chacun aujourd'hui, y compris un gouvernement socialiste, reconnaît l'heureux effet et l'exemplaire nécessité.

VII

ÉGALITÉ DÉVASTATRICE ET PROTECTIONS ASPHYXIANTES

La jalousie était le trait dominant des Gaulois ; celui des Romains était l'ambition du pouvoir. Les deux se sont combinées pour produire le tempérament français, où l'envie a servi d'humus fertile à la volonté d'imposer ses vues ou ses ordres à autrui. Toutes nos guerres civiles, toutes nos révolutions sont sorties de là. Et souvent aussi nos lois.

Rares sont les Français qui ont pratiqué le *contentus sua sorte*, qu'on ne leur a jamais sérieusement enseigné. Ils ont toujours été travaillés ou traversés par l'insatisfaction de leur condition personnelle ou catégorielle. À certaines époques, leur rêve fut de grimper individuellement dans la hiérarchie sociale, et par tous les moyens, fussent-ils les plus immoraux : intrigues, compromissions, délations, fraudes ; à d'autres, d'abolir collectivement cette hiérarchie pour en fabriquer une autre à leur avantage. Parfois, ils furent animés des deux souhaits ensemble ; la Révolution de 1789 et sa suite en offrent maints exemples.

La réussite du marxisme en France est due, en grande partie, à ces dispositions héréditaires.

Karl Marx était un haineux qui ne supportait l'idée d'aucune supériorité, fût-ce celle de Dieu, d'où son antithéisme et sa détestation de tout ordre social autre que celui qu'il voulait instituer, en transformant, rien que cela ! la nature humaine.

Les formules du marxisme telles que « l'exploitation de l'homme par l'homme », « la lutte des classes », « la dictature du prolétariat », se sont logées facilement dans beaucoup de nos cervelles, sans que celles qui les absorbaient aient songé sérieusement aux conséquences.

Aristote, autre enseignement oublié, a bien établi que « traiter également de choses inégales est aussi injuste que traiter inégalement de choses égales ».

De cette injustice-là, nous souffrons de manière chronique.

En veut-on quelques exemples, tirés de la vie la plus courante ?

Prenons le salaire horaire minimum fixé par la loi. C'est une disposition manifestement juste. Il serait indigne d'une nation qui se veut civilisée de laisser pratiquer des rémunérations de famine. Mais cette disposition devient injuste quand on l'applique tout également, comme c'est le cas en notre pays, aux citadins et aux ruraux. Le coût de la vie est bien plus élevé, et parfois du double : logement, alimentation, etc., dans la capitale et dans les grandes villes que dans les bourgs de campagne. Ou bien c'est le citadin qui est pénalisé et ne parvient pas à joindre les deux bouts, ou bien c'est le rural qui trouverait plus facilement de l'emploi si son salaire était un peu moins pesant pour les employeurs.

Prenons la Sécurité sociale, dont le champ est multiple et le budget gigantesque. Que, toujours dans une société civilisée, tout individu puisse bénéficier des soins et traitements nécessaires, qu'il soit hospitalisé en cas d'affection grave, qu'il ait, au terme d'une vie de travail, une retraite décente, tout cela est juste. Les Français ne sont d'ailleurs pas les initiateurs en ce domaine. C'est Bismarck, ce génie du gouvernement, qui fut l'inventeur de la sécurité sociale.

Mais pourquoi a-t-on voulu, au nom de l'égalité, que *tous* les citoyens soient affiliés au *même* régime de sécurité ? Pourquoi a-t-on créé, pour gérer cette sécurité généralisée et uniforme, une para-administration affligée de tous les défauts inhérents à une administration irresponsable, dotée d'un personnel pléthorique qui manipule un effrayant tonnage de paperasses, se noie dans des cascades de décrets, de circulaires et de formulaires, fournit des informations contradictoires, n'est jamais taxée pour ses erreurs mais taxe celles des assurés, et oscille bien souvent entre le je-m'en-fichisme et l'incompétence ? Pourquoi ? Pour satisfaire à l'égalitarisme, ou pour que les syndicats puissent avoir la main sur cette énorme machine ? Les deux vont de pair.

Est-il de bon sens que le cadre supérieur qui touche quarante ou cinquante mille francs par mois se fasse rembourser par la Sécurité sociale son tube d'aspirine vitaminée ? Ou que le médecin de campagne soit appelé en consultation par un patient qui ne souffre que de brûlures d'estomac, et qu'il trouve en train de jardiner, mais qu'il a fait se déplacer « parce qu'il y a droit » ?

Alors que le commerçant, l'artisan ne gardent le lit que quarante-huit heures pour une grippe, parce que leur magasin ou leur chantier ne peut attendre, le moindre rhume de cerveau du salarié ou du fonctionnaire lui vaut huit jours d'arrêt de travail.

La plupart des médecins sont scrupuleux et consciencieux. Mais il existe certains praticiens de quartier chez qui l'arrêt de travail est devenu une industrie, et dont nombre d'actes médicaux se limitent à une signature hebdomadaire sur une formule de prolongation de repos. S'ils ne le faisaient pas, ils perdraient leur clientèle qui s'adresserait à un confrère plus complaisant.

On dira peut-être que je m'attache à des détails. Mais oui ; j'observe ce qui fait le quotidien de mes compatriotes. Je me défends d'être un théoricien. Je cherche seulement à rappeler le bon sens. Dans le fonctionnement d'une société, il n'y a pas vraiment de détails, dès lors qu'ils se répètent et sont nocifs. Ce sont ces détails-là qui bloquent les rouages.

Notre système de sécurité sociale transforme les citoyens en assujettis. Cela participe aussi de l'idéal marxiste. Les pires effets sont que, d'une part, l'employé, que l'on ampute d'une partie de son salaire, considère que sa propre santé n'est plus de sa responsabilité, mais de celle de l'État ; d'autre part, l'employeur, astreint à acquitter des charges sociales qui avoisinent les trois quarts de ce qu'il verse au salarié, renâcle à l'embauche. Le chômage est au bout du système.

Une tornade a ravagé, à la fin de 1999, maintes régions de France ; un accident climatique comme il ne s'en produit pas tous les siècles. Des forêts ont été aux deux tiers abattues, des toits se sont envolés, des portails ont valsé, des murs se sont effondrés. Il fallait réparer les demeures, débiter et évacuer les arbres déracinés, replanter. Artisans et petits entrepreneurs ont été assaillis de commandes qu'ils ont dû étaler sur un an. Mais ils n'ont pas engagé pour autant le personnel supplémentaire que réclamait la situation. Trop de charges, trop de contraintes. « On n'y gagnerait rien, disent-ils, que des ennuis. Et après, si l'on voulait renvoyer du monde, on ne pourrait pas. »

Les protections excessives asphyxient le marché du travail. On se réjouit que le chômage soit depuis quelque temps en légère diminution, non par l'effet des lois, mais par celui d'une croissance générale. Il aurait diminué bien plus si les prélèvements obligatoires et les réglementations n'étranglaient l'emploi.

Que n'a-t-on pris des systèmes plus souples, moins coûteux et plus compatibles avec la liberté ?

Tout citoyen devrait être titulaire d'une assurance-santé, de même que tout chasseur doit avoir souscrit une assurance-chasse.

Mais l'assurance devrait pouvoir être contractée librement auprès de sociétés agréées, chacun choisissant s'il veut être garanti contre tous les risques ou seulement contre les grands risques, et remboursé de tous frais de maladie et d'accidents, ou seulement des plus onéreux. Les primes seraient calculées en conséquence, et la concurrence entre les compagnies d'assurance aurait pour effet, comme toute concurrence, d'améliorer les rendements et d'abaisser les coûts.

Une assurance de service public ne serait maintenue que pour les gens que l'on désigne pudiquement comme « économiquement faibles ». Tout le monde y gagnerait. Mais ce serait trop simple, et surtout ce serait contraire à l'obsession égalitariste, qui veut que l'on traite également les situations inégales.

Vais-je parler des retraites, problème que l'allongement de la durée moyenne de la vie va bientôt rendre dramatique pour l'équilibre financier du pays ?

Il a été donné assez d'écho au débat sur les fonds de pension pour qu'il soit besoin d'évoquer ici leurs avantages prouvés, et leur nécessité. Pourtant syndicats et partis de gauche, communistes en tête, s'arc-boutent pour les refuser. Quelle perspective horrible que de voir les retraites entrer dans le circuit rémunérateur du capital !

Le statut de la fonction publique avait inspiré celui des entreprises publiques, qui inspira à son tour les conventions collectives et les réglementations particulières de toutes professions.

La réglementation est dans le caractère français. Saint Louis déjà avait promulgué des édits concernant chaque métier, jusqu'à fixer la composition des confitures et les procédés de leur fabrication. Mais ces édits visaient à bien déterminer les niveaux de compétence des artisans, à garantir la qualité de leurs travaux, l'honnêteté de leurs produits et, en fin de compte, à protéger le consommateur.

Tout notre code du travail, depuis cinquante ans, a pour objet quasi unique de donner à l'employé des droits à exercer contre l'employeur. Dans sa plus récente édition [1], il ne comporte pas moins de 2 299 pages. C'est la bouteille à

1. Dalloz, 2000.

l'encre, mais à l'encre rouge, la lutte des classes légalisée.

Le statut des gens de maison est à cet égard révélateur. On a commencé par modifier le vocabulaire. Le mot de domestique, qui vient de *domus*, celui qui fait partie de la maison, a été banni, comme si servir était un déshonneur. Il n'y a plus que des « employés de maison », ce qui, en trois mots, signifie exactement ce qui était dit en un. Dans la foulée, le concierge est devenu « gardien d'immeuble », cependant qu'on affublait l'honnête femme de ménage du terme ridicule de « technicienne de surface ». Il faut de l'imagination pour inventer de pareilles joliesses !

Certes, la bourgeoisie du XIXe et de la première moitié du XXe a souvent abusé de sa domesticité. Elle avait perdu les manières et les attentions de l'aristocratie de l'Ancien Régime. Le terme de « bonne » vient du temps où les marquises s'adressaient à leur femme de chambre en lui disant « ma bonne », ce qui était marque de gentillesse. « Ma bonne » descendait le matin allumer le feu dans la chambre de sa maîtresse. Vint l'époque du chauffage central Les bourgeois, dans les immeubles nouveaux des beaux quartiers, ne l'ont pas fait installer à l'étage des « chambres de bonne ». Cette discrimination, qui paraissait alors aller de soi, était franchement odieuse.

Aujourd'hui, on est à front retourné. C'est le serviteur qui a tous les droits, et le patron qui n'en a plus.

Avez-vous engagé un « employé de maison » qui se révèle grossier, paresseux, buveur, chapardeur, ou simplement incompétent ? Le renvoyer est proprement une affaire d'État. La notion de convenance n'existe plus. Il faut invoquer la « raison économique », ou la suppression de poste, la signifier à l'intéressé par un long préavis, et lui verser des indemnités s'élevant à plusieurs mois de salaire. S'il n'en est pas satisfait, il intentera une action auprès de la juridiction des prud'hommes qui, généralement, vous condamnera, parce qu'il convient de prendre parti pour le faible contre le fort. Mais qui est le faible en l'occurrence ?

La longue maladie, fût-elle psychique, n'est pas un motif de rupture de contrat, alors que le défaillant dispose dans ce cas de toutes les « couvertures » possibles. Il vous est interdit de le remplacer, et vous devrez vous accommoder de faire vous-même son travail. Il est quasiment propriétaire de son emploi. D'ici qu'il puisse le vendre, comme il en allait des charges sous la monarchie, il n'y a qu'un pas.

Certains lecteurs penseront que, insistant sur cette affaire des emplois ménagers, je regarde les choses par le petit bout de la lorgnette. Mais il y a des dizaines et dizaines de milliers de femmes, mères de famille et exerçant un métier, qui les regardent par ce bout-là, et réduisent leur train de vie, même si elles en ont les moyens financiers, pour échapper aux servitudes que créent les serviteurs.

Les Français, qui n'étaient déjà pas trop hospitaliers, reçoivent de moins en moins chez eux, ce qui entraîne une dégradation de la vie sociale.

De même que l'excès d'impôts tue l'impôt, l'excès de protections tue la protection. Combien de chômeurs y aurait-il en moins, si les dispositions encadrant l'emploi étaient moins stérilisantes et si, par exemple – voyez jusqu'où va mon audace ! –, les employeurs privés pouvaient déduire de leurs revenus les salaires de leurs employés de maison ? Tout le contraire de la politique fiscale encouragée par les syndicats.

Je reviens à eux. On peut penser que je les rends responsables de tout, et que je les mets tous dans le même panier. Eh bien oui ! je les y mets. Je sais, comme chacun de nous, qu'il en est de diverses sortes, qu'il y a des syndicats marxistes, les uns communistes et les autres trotskistes, qui sont d'ailleurs à couteaux tirés. Je sais qu'il en est d'antimarxistes, sociaux-démocrates ou démocrates-chrétiens. Mais au bout du compte leur action est globale. Les marxistes font sans cesse de la surenchère, et les non-marxistes sont obligés de suivre sous peine de voir leurs adhérents les accuser de faiblesse ou de collusion avec le patronat. Dès qu'il y a une grève, c'est au délégué de la C.G.T. que les reporters de la télévision de service public tendent leur micro. Ce sont toujours les syndicats communistes qui s'approprient la représentation d'une classe ouvrière où les ouvriers en fait sont de moins en moins nombreux.

Il faut encore noter que, aux élections professionnelles, seules peuvent présenter des candidats les organisations syndicales dites « représentatives », dont la liste nominative a été fixée une fois pour toutes par la loi, à la Libération. Elles ont par là, sinon un monopole, assurément un oligopole de la gestion de la Sécurité sociale. Aucun gouvernement, depuis un demi-siècle, n'a osé y toucher.

Le péché majeur des syndicats tient à ce qu'ils

ne sont plus, depuis longtemps, des forces sociales mais des forces politiques. Le fait n'avait pas échappé au général de Gaulle – on en revient toujours à lui ! – qui avait déclaré, lucide et désabusé, dans l'un de ses entretiens télévisés avec Michel Droit : « Les syndicats sont devenus plus importants que les partis. »

Ne sont-ce pas les syndicats qui ont opposé un refus irréductible à la « participation » ?

Ce que le pauvre citoyen ignore généralement, c'est qu'ils ne vivent pas, ou à peine, des cotisations versées par leurs adhérents ; ils vivent des subventions qui leur sont accordées par l'État, sans que l'on ait jamais pu en connaître le montant total, ni selon quel barème de répartition elles sont distribuées.

L'État entretient ainsi ses agresseurs permanents. Ma formule sur « la sébile et le cocktail Molotov », dont j'ai usé à l'endroit des contestataires du secteur culturel, peut valoir aussi pour les syndicats marxistes.

VIII

D.G.I. OU K.G.B. ?

La France remporte assez souvent des championnats internationaux en escrime, en équitation, en football. Mais là où elle bat tous les records du monde, toutes catégories et en permanence, c'est dans le poids des impôts, la complication de leur recouvrement et la taille de l'administration fiscale.

Les charges qui pèsent sur le contribuable français, impôt sur le revenu, taxes, redevances, prélèvements obligatoires, transferts sociaux (santé, famille, chômage, vieillesse), s'élèvent, tout compris, à 62 % du revenu individuel moyen. Nous disons bien moyen. Comme un nombre important de citoyens, en considération de la faiblesse de leurs ressources, sont exemptés de certaines de ces contributions, il va de soi que les autres ont à subir des charges qui s'échelonnent de 70 % à 100 %.

La Grande-Bretagne a connu il y a trente ans cette sorte d'excès. La vie y était sinistre ; les magasins, déserts, fermaient les uns après les autres, et tout le pays périclitait. Aujourd'hui, il est prospère et attirant ; le chômage y est tombé à 5,9 %, et Londres est une fête. La charge fiscale moyenne a été ramenée à 40 %.

Le *Code général des impôts* (Éd. Dalloz) comporte 2 097 pages. Mais la *Documentation fiscale de base* publiée par la Direction générale des impôts (D.G.I.) en 1999, en contient 5 948, en augmentation de 2 170 pages sur la publication de 1990. La « base » s'est singulièrement élargie, ou bien l'on a fort raffiné, en dix ans !

Il est beau d'avoir pour adage : « Nul n'est censé ignorer la loi. » Encore faut-il que la loi soit compréhensible, et accessible à l'entendement des citoyens. Qui est capable d'ingurgiter et de garder en mémoire les 368 pages consacrées aux seuls revenus fonciers ?

Le Français vit dans la hantise des impôts ; il souffre d'une maladie chronique qui est le « stress fiscal ». Au début de chaque année, il connaît une crise d'émotivité anxieuse devant le formulaire de sa déclaration de revenus, tant elle est compliquée, et fait une dépression à la fin de chaque été quand il reçoit l'avis de ce qu'il devra acquitter.

Il semble que j'ironise. À peine. Rien ne rend malade, psychiquement, comme de ne pas comprendre. Or, le Français *ne comprend rien* à la fiscalité qui l'accable, rien aux assiettes sur laquelle elle est fondée, rien aux opérations et calculs qu'elle exige. Pas plus qu'il ne comprend, quand il reçoit une somme en rémunération d'un travail qu'il a accompli, à quoi correspond la cascade de retenues, 2,90 % pour ceci, 5,10 % pour cela, et encore 0,85 % et 1 % pour d'autres motifs indiqués seulement par des initiales, qui amputent, l'une sous l'autre, le montant initial. Après quoi, le restant sera frappé de l'impôt sur le revenu. Dans toute convention fixant le montant d'une prestation de services, le fisc se glisse, sournoisement rapace.

Seuls y comprennent quelque chose les agents de la Direction générale des impôts. Là aussi les records sont battus : 80 000 fonctionnaires y sont employés.

Si un contribuable est en retard de deux jours sur la date exigée pour le règlement de ses impositions, il va lui être infligé une amende de 10 %. Mais si l'on entreprend de dégraisser un peu ce mammouth, comme dirait mon ami Claude

Allègre, les 80 000 « dégéistes » se mettent en grève pendant des semaines, sans recevoir aucune amende, et font si bien que le gouvernement se couche et que le ministre imprudent est contraint de démissionner. Que les syndicats de gauche soient les inspirateurs de ce mouvement « spontané », qui pourrait en douter ?

La Cour des Comptes, qui est bon juge, a pu déclarer : « Il y a deux administrations en France : les Finances, et le reste. »

La D.G.I., qui occupe près de la moitié du personnel de ce ministère, est à la fois une fourmilière où chacun s'agite en multipliant les complications réglementaires, et le donjon d'une forteresse de privilèges sur laquelle Richelieu aurait tiré au canon [1].

En outre, la Direction générale des impôts est le siège d'une véritable inquisition, où les inquisiteurs, comme toujours dans l'Histoire, sont persuadés qu'ils servent le bien supérieur, en même temps qu'ils éprouvent une certaine

1. « Jean Arthuis, dans son livre *Dans les coulisses de Bercy* (Albin Michel), raconte que, nouveau ministre de l'Économie et des Finances, il a dû se battre pendant six mois pour obtenir la liste des deux cent cinquante plus hautes rémunérations de son ministère. Et quand ce document lui avait été enfin fourni, c'était sur un papier spécial non photocopiable » (in *Le Monde*, 27-6-98).

délectation morbide à exercer contrainte et terreur sur leurs semblables.

Je ne parle pas seulement des contrôles fiscaux, décidés souvent sur une dénonciation anonyme, comme toujours aussi dans toute inquisition, ou sur une instruction d'origine politique.

Qui a connu ce genre d'avanie sait ce qu'il en est d'avoir un contrôleur – ou une contrôleuse ; j'admets ici la féminisation – installé chez vous à longueur de semaines et de mois, retournant page après page tous vos papiers, vous posant des questions sur des dépenses infimes dont vous n'avez aucune souvenance, exigeant des justifications pour des bouts de ficelle, et finalement vous interrogeant sur ce qui vous est le plus personnel, votre manière de travailler, vos loisirs, vos amitiés et même votre vie sentimentale. N'enseigne-t-on pas, à l'école des impôts, les manières très élaborées de faire « craquer » les personnes soumises à investigation ? Des procédés de police. Tout contribuable est un présumé coupable.

Il existe, certes, des contrôleurs intelligents, et courtois, qui saisissent vite s'il y a fraude ou non dans vos affaires, mais qui sont obligés, même en l'absence de faits répréhensibles, *de trouver quelque chose* pour pouvoir vous infliger un *redressement*, parce qu'autrement ils seraient mal notés et n'auraient pas droit aux « primes » qui assortissent leurs bons résultats.

En revanche, il y a aussi des contrôleurs à l'esprit borné ou pervers. Or il est bien rare que, sur les 5 948 pages de « base » de la documentation fiscale, il n'y en ait pas une à laquelle vous n'ayez contrevenu.

Mais le système inquisitorial ne se limite pas à ce seul corps d'élite.

Avez-vous entendu parler du TRACFIN ? Ce n'est pas un jeu de société, ou alors d'un genre tout à fait nouveau. C'est le sigle d'un logiciel de la D.G.I. sur lequel sont branchées toutes les banques, lesquelles doivent *obligatoirement* y faire apparaître, aussitôt qu'encaissées, les sommes en espèces dépassant 50 000 francs versées sur les comptes de leurs clients. C'est l'informatique au service de la police fiscale.

Ce procédé de contrôle, à l'origine, était destiné à traquer « l'argent sale », ou mal blanchi, celui qui provenait des filières des diverses mafias, ou du trafic des drogues, et dont l'apport soudain pouvait inviter au soupçon. Mais aujourd'hui le système s'est étendu à l'argent propre. Il n'y a plus de mouvements de fonds de cette sorte qui ne s'inscrivent sur les ordinateurs des services des Finances. Le *big brother* d'Orwell s'est installé à Bercy.

Comment pouvons-nous encore invoquer le secret de la vie privée ? Une administration anonyme s'emploie à connaître tout de nous, nos voyages, nos dépenses. À travers les comptes de nos fournisseurs, on peut remonter au moindre de nos achats. Tout cela peut, demain, être exploité contre nous. Le K.G.B., la fameuse police soviétique, ne faisait pas mieux.

À quoi bon avoir institué, en lui donnant un statut de corps de l'État, une Commission dite « de l'informatique et des libertés » si son pouvoir s'arrête sur le seuil du ministère des Finances ?

Le sommet de l'odieux est atteint avec la suppression de l'anonymat du don manuel.

Voulez-vous faire un cadeau en argent à votre fils, pour permettre la poursuite de ses études ou son installation dans la vie, à la dame de votre cœur, pour lui témoigner de votre attachement, à un ami dans la gêne ou la détresse ? Vous devez en faire déclaration à l'administration ; et le bénéficiaire aussi, afin que le fisc puisse en ratiboiser sa part. Vous n'avez plus droit au secret de vos amours ni à la discrétion de votre générosité.

Ne parlons même pas de l'administration des

douanes, qui relève du même ministère et qui n'a pas eu besoin de l'exemple des polices totalitaires pour disposer du pouvoir discrétionnaire de pénétrer en tout lieu et toute demeure, de nuit comme de jour, et de perquisitionner, fouiller, saisir, *sans ordre de justice*. Ce statut remonte à Colbert ; survivance, en somme, de la lettre de cachet.

Et l'on ose prétendre que nous vivons dans un pays de liberté ! Et nos parlementaires n'ont à la bouche que les mots de liberté, garantie des libertés, nouveaux espaces de liberté ! Comment les Français n'ont-ils pas pris encore leurs fusils ? Aux prochaines émeutes – il y a trente-deux ans qu'il ne s'en est pas produit ; voilà qui est long ! –, ce n'est pas vers la vieille Sorbonne ou l'innocent théâtre de l'Odéon qu'il faudra se porter, comme le firent les jeunes crétins de naguère, mais vers la caserne de Bercy, citadelle du totalitarisme fiscal.

Calmons un instant notre colère, et revenons aux principes.

Il y a deux conceptions de la finalité de l'impôt. La première, la républicaine – au sens premier de *res publica* –, veut que l'impôt serve à financer les dépenses publiques. L'autre, la socialiste-marxisante, relayée par le bon cœur des démocrates-chrétiens, veut que l'impôt serve à redistribuer les revenus entre les citoyens.

Pour appliquer la première, il faut un consentement. Pour appliquer la seconde, il faut une oppression. C'est sous ce régime-là que nous vivons. Il est, une fois encore, l'effet de la manie égalitariste. Une fausse idée de justice veut que personne n'ait plus qu'autrui. Autant dire que tout le monde devrait être aligné sur le revenu le plus bas. Idéologues primaires, soyez sans impatience : on y arrive !

Le talent, les dons créateurs, l'esprit d'entreprise, l'intelligence, l'ardeur au travail, toutes dispositions qui engendrent les réussites, sont des injustices génétiques auxquelles la société se doit de remédier. Il faut rabattre tout ce qui dépasse.

Qu'est-ce que l'impôt sur la fortune, sinon une spoliation telle que celles qu'on opérait au Moyen Âge sur les Juifs et les Lombards ? Mais une spoliation annuelle, douce, sournoise, et qui, si vous devenez nonagénaire, ne vous laissera rien à transmettre à vos enfants. Parce que l'héritage est, sachez-le bien, la plus manifeste des injustices, et que le désir naturel de léguer à sa progéniture le fruit des efforts de toute une vie est un sentiment égoïste, archaïque et antisocialiste ; alors, redistribuons.

On oublie que toute redistribution suppose une administration coûteuse et improductive dont l'entretien confisque au passage une bonne partie des sommes à redistribuer. Et ainsi la nation, lentement, s'appauvrit.

Pareille au *Mané, Thécel, Pharès* – « compté, pesé, divisé » – qui annonça la fin des temps babyloniens, une malédiction est apparue sur nos murs, écrite en quatre lettres : I.R.P.P.

Elle est aisée à déchiffrer : *impôt sur le revenu des personnes physiques.*

Joseph Caillaux, ministre pendant la Grande Guerre, fut injustement traîné devant la justice pour intelligence avec l'ennemi. En vérité il aurait dû être pendu pour avoir fabriqué l'impôt sur le revenu, dont il avait juré qu'il ne dépasserait jamais 5 %, et qu'il remplacerait toutes les autres impositions directes. Il ne faut jamais croire les grands argentiers. Sous les rois capétiens, ils finissaient régulièrement au gibet de Montfaucon. L'habitude s'est perdue [1].

1. La loi instituant l'impôt sur le revenu des personnes physiques, déposée par Joseph Caillaux, fut adoptée par la Chambre en 1908, sous le premier ministère Clemenceau. Mais elle ne fut votée par le Sénat qu'en 1917, en raison des dépenses de guerre, et c'est seulement alors qu'elle entra en vigueur.

L'impôt sur le revenu, éminemment discriminatoire, puisqu'il ne frappe, par tranches progressives, que la moitié de la population, crée le mauvais citoyen. De même que la fixation du prix des denrées provoque fatalement, et cela depuis l'Empire romain, l'apparition d'un marché noir, de même l'impôt sur le revenu, et surtout quand il atteint les taux aujourd'hui pratiqués, provoque la dissimulation et la fraude. Il faut compter avec la nature humaine.

L'impôt sur le revenu tue la générosité privée. Autrefois les grandes fortunes subvenaient librement à l'entretien ou à la création de maintes institutions, pour le bien de la collectivité. Il en va encore ainsi aux États-Unis où les libéralités ne sont pas entravées. Les universités y sont prospères grâce aux dons de leurs anciens étudiants qui ont fait de belles carrières. Générosité ne veut pas dire sainteté. Les donateurs aiment que leur nom reste attaché à leur munificence.

Si le clergé français est aujourd'hui dans la misère, si les églises tombent en ruine parce que leur entretien revient entièrement à l'État, c'est l'impôt sur le revenu qui en est cause. Hôpitaux, recherche médicale, maisons de retraite ; il en va de même. Tout retombe sur l'État ; et comme il ne peut tout faire, on a recours au « mécénat d'entreprise » – qui n'est plus du mécénat mais du *sponsoring* – dont on attend un profit publicitaire et qui peut se déduire du chiffre d'affaires. Nul n'ose plus employer les beaux mots de charité ou de bienfaisance ; ils sont devenus si haïssables qu'il a fallu, comme celui de domestique, les remplacer. On doit parler d'« activités caritatives ». La redistribution, d'ailleurs, ne cesse de les réduire.

De bons esprits, comme Michel Jobert en France, depuis un quart de siècle, ainsi que maints experts, ont établi que l'on pourrait sans dommage supprimer l'I.R.P.P. Il ne constitue que 20 % des ressources publiques et il est coûteux à percevoir. Une augmentation de quelques points de la T.V.A., dont seraient exonérés naturellement les produits de première nécessité, suffirait à compenser ce qu'il rapporte. La morale publique y gagnerait sans que l'État y perde rien. Mais quel ressort pour l'économie générale du pays que les sommes libérées par cette suppression et qui pourraient aller au bien-être personnel, à l'épargne, à l'investissement, aux libéralités de tous ordres, voire aux dépenses somptuaires qui ont toujours favorisé la construction, l'artisanat et les arts en général !

D.G.I. ou K.G.B. ?

On raconte qu'un haut fonctionnaire des Finances vint un jour expliquer à Michel Debré, Premier ministre, les avantages qu'il y aurait à l'abolition de l'I.R.P.P. Et Debré de répondre : « Gardez-vous bien d'aller dire cela au général de Gaulle ; il serait capable de le faire. » Cher Michel Debré ! Il aurait pu ajouter à tous les services qu'il rendit à la France s'il avait épousé cette cause-là.

Le maintien de l'impôt sur le revenu est de pure routine idéologique. Il est bien entendu, selon la litanie communiste, qu'il faut « faire payer les riches ». Mais quand il n'y aura plus de riches, qui payera ?

Alors que les régimes marxistes ou se sont effondrés, ou se transforment progressivement pour entrer dans l'économie de marché, la fiscalité française s'oppose au développement du marché.

Il en va de l'impôt sur le revenu comme du statut de la fonction publique. On croit qu'il est impossible d'y rien changer. Les gens, décidément, tiennent à leur douleur.

IX

ENSEIGNER POUR DÉSAPPRENDRE

L'anecdote que je vais conter se situe, voici nombre d'années, à la table du ministre de l'Éducation nationale, qui était alors Christian Beullac. Cet homme de bon sens et de bon vouloir avait réuni, avec plusieurs inspecteurs généraux et membres de son Cabinet, diverses personnes dont il pensait qu'elles avaient quelques vues sur l'enseignement du français. Il avait poussé l'audace jusqu'à inviter deux membres de l'Académie française, Alain Decaux et moi-même.

J'eus l'imprudence d'avancer, à un moment, qu'il était souhaitable qu'on donnât aux écoliers et aux collégiens de bons modèles classiques.

— Vous ne voulez tout de même pas qu'ils copient ! s'écria un personnage aux cheveux longs, plats et gras, au visage étroit, et aux yeux emplis d'une brume haineuse.

— J'entends modèle au sens d'exemple, lui répondis-je. De bons exemples. Il me semble que, pour guider les débutants, mieux vaut La Fontaine que Boris Vian.

— Cela dépend du type de société auquel on veut les préparer, dit fermement mon interlocuteur.

Visiblement, la nôtre n'était pas de son goût.

Je m'enquis des fonctions de cet homme péremptoire qui s'exprimait de la sorte devant son ministre. C'était le secrétaire du syndicat des professeurs de Lettres.

Je me sentis édifié sur la conception de la laïcité dans l'enseignement de service public.

Autre anecdote, treize ou quatorze ans plus tard. Séance un peu solennelle du Conseil supérieur des lettres, dont je confesse n'avoir jamais bien compris la nécessité, ni constaté l'action, sinon pour les « recommandations » de quelques « rectifications » orthographiques, que j'avais soutenues d'autant plus tranquillement que l'Académie en avait déjà autorisé la plupart, sans succès d'ailleurs, en 1905, mais qui en 1990, présentées par les médias comme une « réforme de l'orthographe », devinrent une affaire politique et provoquèrent, au temps de la guerre du Golfe, une guerre de l'accent circonflexe aussi disproportionnée que ridicule.

Le ministre de l'Éducation nationale était là en personne ; il s'appelait cette fois François Bayrou, et, avant d'occuper ce poste, avait rompu des lances avec fracas pour, précisément, le maintien des circonflexes inutiles. Je demandai à ce champion des traditions :

— Y a-t-il dans votre ministère une commission d'examen des manuels scolaires ?

Il me répondit, comme je m'y attendais, par la négative, et, pour justifier cette carence, il ajouta :

— Ce serait considéré comme une forme de censure.

Plus qu'une longue analyse psycho-sociologique, le rapprochement de ces deux réponses, celle du syndicaliste, celle du ministre, me paraît projeter une lumière suffisante sur l'état permanent du système d'éducation, en France.

Chaque maître, chaque professeur de collège ou de lycée est libre de choisir non seulement la méthode d'enseignement qu'il veut, mais encore de déposer dans les cerveaux qu'il a charge de former les prémices d'un endoctrinement politique.

Et chaque universitaire est libre de mettre en circulation, en les proposant au choix des maîtres et professeurs, des manuels d'enseignement inspirés par les principes pédagogiques ou les orientations idéologiques qui lui sont propres ou auxquelles il adhère personnellement.

Il y a de l'anarchie mentale dans l'enseignement français.

Le ministère de l'Éducation nationale est le plus gros employeur : 1 100 000 fonctionnaires, dont 900 000 enseignants proprement dits. Chiffre approximatif, car il n'a jamais été possible d'en connaître le nombre, à la dizaine de milliers près. En vingt ans, le nombre d'écoliers a augmenté de 17 % ; celui des enseignants de 40 %[1].

Gigantisme plus anarchie, le résultat est tristement éloquent : 20 % des élèves sont incapables de lire et d'écrire à la sortie de l'école primaire.

Du temps que ce département ministériel s'appelait celui de l'Instruction publique, il y avait une instruction et elle était publique.

1. Dans son récent ouvrage, *Toute vérité n'est pas bonne à dire* (Fayard/Laffont, 2000), Claude Allègre donne une évaluation plus actualisée. « En dix ans, on a augmenté le budget de l'éducation scolaire de 100 milliards, alors que le nombre d'élèves a diminué de 400 000. »

Depuis qu'il a pris la dénomination d'Éducation nationale, il n'y a plus d'éducation et elle n'est plus nationale.

L'enseignement est le grand échec de la Ve République. Il faut dire qu'il était l'héritage de la IVe, où tous les ferments de désagrégation avaient été mis en place. Depuis 1968, ministres et réformes se sont succédé, sans pouvoir remédier à la confusion, et parfois en y ajoutant.

Comment notre enseignement, qui était regardé comme l'un des meilleurs du monde, a-t-il pu connaître l'abaissement que chacun constate et dont tout le monde se plaint ?

L'affaire est politique, essentiellement, et pour être plus précis, de stratégie politique.

L'instruction, l'éducation, la culture sont les moyens les plus sûrs de prendre le pouvoir. Les plus lents aussi. Il y faut attention, patience, persévérance. Ce sont là des vertus qu'on peut reconnaître aux communistes.

Par le coup d'État ou la révolution, on abat l'arbre à coups de hache. Mais s'il ne se peut, c'est par le pourrissement qu'on doit procéder. L'arbre au cœur creux et aux racines rongées tombera un jour de lui-même.

Il faut « désapprendre » les principes de l'ancienne société pour les remplacer par les principes d'une autre, quitte à laisser les jeunes esprits vides pendant quelque temps.

Tout au long de la IVe et de la Ve République, les marxistes français s'y sont employés avec succès.

Ils ont commencé par constituer les syndicats les plus forts, et d'abord les syndicats d'instituteurs. Non pas les seuls, mais les plus revendicatifs, les plus véhéments, les plus autoritaires. Comme ils mettaient en avant des exigences matérielles : salaires – qui étaient et restent insuffisants par rapport au rôle social –, conditions de travail, locaux, vacances, leur prêche tombait sur un bon terrain et leur voix était écoutée. La population enseignante n'étant pas faite que de héros, ceux qui criaient le plus haut terrorisaient les autres. Derrière ce front de revendications professionnelles progressait l'endoctrinement idéologique. La lutte des classes en était le fondement. Il fallait supprimer les différences entre les enfants dits des « milieux privilégiés » et les autres, pour les préparer tous à une société « sans classes ».

Et, donc, ne pas transmettre les valeurs, les usages, les références de la société aristocratique ou bourgeoise ; désapprendre.

Désapprendre le français correct et imposer le

langage populaire : le vouvoiement a été banni, le tutoiement est devenu de règle, dans l'écrit comme l'oral, et l'inversion interrogative abandonnée. Il est banal de rencontrer, dans les manuels du primaire, des questions posées de la sorte à l'élève : « T'as fait quoi, ce week-end ?... T'as révisé ta leçon ? » Des termes plus que familiers, vulgaires et même argotiques, sont intégrés dans les exemples. Pour éviter les mots un peu élégants, on ramasse ceux du ruisseau.

Le passé simple, instrument sans égal du récit, est proscrit. Des copies de collégiens sont revenues annotées ainsi : « Ne fais pas le malin avec ton passé défini. » Ne parlons pas de l'orthographe qui est le visage même de la langue, dont les subtilités aident à la compréhension des phrases et contribuent à l'élasticité de l'esprit. Nul n'en tient plus compte. Les accords sont négligés ou ignorés. Et les fautes truffent jusqu'aux copies de licence sans que les auteurs en soient pénalisés.

Comment pourrait-il en être autrement quand, par la révolutionnaire théorie des « ensembles », on a eu cette trouvaille de faire reconnaître aux enfants les mots avant qu'ils ne sachent les lettres ?

La mémoire, l'indispensable mémoire, celle

que les anciens appelaient la mère de tous les arts, n'est plus sollicitée ni entraînée. Surtout, ne pas se souvenir. Les exercices qui réclamaient usage de la mémoire ont été remplacés par des « activités d'éveil ». On invite les gamins à inventer des mots farfelus quand ils ignorent encore les plus simples. On fait appel à leur « créativité », avant qu'ils n'aient aucun matériau pour créer.

Alors que la bonne possession du langage est la clef de tous les savoirs, y compris scientifiques, de toutes les carrières et de toutes les réussites, celle qui a permis à tant de petits-fils de paysans, de forgerons, d'instituteurs, de parvenir aux plus hautes fonctions de la République, on retire cette clef de la main de tous les enfants, qu'ils soient fils de commerçants ou de postiers, de manœuvres ou de banquiers.

Au nom de l'égalité des chances, on a établi l'égalité des malchances.

Désapprendre le patriotisme et les devoirs du citoyen ; on a longtemps supprimé l'instruction morale et civique, puisque ce n'était pas celle de la société à laquelle on voulait « préparer l'enfance ». On l'a rétablie, timidement, comme en contrebande. Pourquoi apprendre la nation, puisqu'on ne veut plus d'elle ?

Et désapprenons l'histoire, qui pourrait donner prétexte à la fierté française. Pourquoi parler des grands événements, puisque l'Histoire, vue par les marxistes, n'est que le rapport des forces économiques ? Pourquoi parler des grands hommes, puisqu'ils furent tous des tyrans, des exploiteurs des peuples, et puisqu'en fait ils ne commandaient rien ? De grands hommes, il n'y en a pas eu avant Marx et Lénine. N'a-t-il pas été mis en circulation, en France, voici déjà plusieurs décennies, un manuel d'histoire de France – nous l'avons eu en main – entièrement composé, écrit, publié en Allemagne de l'Est ?

On se servit de la « nouvelle histoire », l'histoire non événementielle de Braudel, en la détournant de sa finalité, afin d'effacer même la simple chronologie, repère fondamental pour l'intellect.

Il fut toute une période de ce demi-siècle où l'histoire disparut des programmes scolaires. Les collégiens, si on les questionnait sur l'époque à laquelle vivait Jules César, flottaient entre le Ve siècle avant J.-C. et le XVIIe après. Il fallut la campagne lancée par Alain Decaux, soutenu par Michel Debré, et auxquels se joignirent Fernand Braudel lui-même et quelques indignés de notre sorte, pour que l'enseignement en soit rétabli.

Quant au latin et au grec, symboles de la culture bourgeoise et passéiste, on a tout fait pour en dissuader ou en empêcher l'étude, ignorant volontairement ce qu'ils avaient de formateur pour l'intelligence de notre langue et l'intelligence tout court. On préférera faire apprendre aux enfants le corse, le basque ou le bas-breton qui ne sont pas de premier appoint dans la maîtrise du français et dont l'utilité dans les échanges mondiaux est assez restreinte.

Ne mésestimons pas le renfort puissant que les marxistes ont reçu de la part des adeptes de l'existentialisme sartrien et de la psychologie freudienne.

Alors que l'homme, par sa condition même, est soumis à quantité de contraintes naturelles, génétiques, sociales, que ses aptitudes sont fonction de sa carte chromosomique, et qu'il doit refréner ses désirs de voler le bien d'autrui ou d'occire son prochain, l'idée s'est répandue, comme se répand la peste, qu'il ne fallait faire peser sur l'enfance aucune pression ou interdit, afin de ne pas créer en lui de blocages, de frustrations ou de refoulements. Moyennant quoi on a supprimé notations, classements, prix de fin d'année. N'ai-je pas lu dans un rapport, un des innombrables rapports commandés par le ministère, qu'on devait éviter de « stresser » les enfants devant le savoir ? Donc, ne « stressons » par les derniers de la classe en encourageant les premiers.

Tout ce que le sport impose au corps et au caractère – l'effort, la discipline, l'endurance, le courage, l'émulation, le goût d'exceller, l'esprit d'équipe, le respect de règles acceptées, et jusqu'à la fierté nationale –, tout cela a été abandonné, découragé pour la formation de l'esprit. Cette évidence a été cent fois soulignée, mais, jusqu'à présent, sans effet.

Comment les communistes, alors qu'ils posaient en modèle la société soviétique, qui fut la plus contraignante et la plus exigeante qui ait jamais existé, ont-ils laissé leurs syndicats accepter ou imposer cette pédagogie absurde, sinon pour affaiblir la société bourgeoise ?

Pour si bien « déformer » la jeunesse, il fallait aussi « déformer » les maîtres. On s'y est employé en supprimant les bonnes vieilles Écoles normales d'instituteurs, qui avaient produit des générations et des générations d'éducateurs exemplaires, pour les remplacer par des I.U.F.M. – Instituts universitaires de formation des maîtres – où l'on inculque, aux futurs « professeurs d'école », les trouvailles de l'I.N.R.P. – Institut national de recherches pédagogiques – qui est le lieu de tous les délires. Que d'Instituts[1] !

Pourquoi les avoir, d'ailleurs, qualifiés de pédagogiques, puisque la pédagogie y a perdu droit de cité au profit d'une nouvelle science, la « didactique » ? Celle-ci se communique par un vocabulaire très particulier, qui, en bon français, s'appelle un jargon de cuistres.

Dans ce langage-là, connaissances et savoirs sont des *acquis cognitifs* ; la comparaison est un *descriptif contrastif*, et le raisonnement *une explication des procédures d'analyse*, cependant qu'une histoire devient un *schéma actanciel* dont les personnages sont des *actants*. L'Académie française a suffisamment stigmatisé, sous les plumes de Mme de Romilly et de Mme Carrère d'Encausse, l'absurdité de ces joliesses, dont les

1. Au concours de recrutement des « professeurs d'école », on retire au maximum 4 points sur 20 pour huit fautes d'orthographe graves dans l'épreuve de français. Il n'est compté aucune pénalité pour les fautes dans les autres épreuves. La formation d'un an, pour les admis en I.U.F.M., ne s'attachant nullement à redresser ces carences, il n'est pas étonnant de les retrouver ensuite chez les élèves. Nombreux sont les conseillers pédagogiques et inspecteurs primaires qui déplorent cet état de choses, mais leur statut de fonctionnaires les invite au silence.

moindres ne sont pas *la signifiance*, *l'archisémème*, *la complétivisation* et *le sinsigne iconique rhématique*, pour qu'il soit besoin de revenir longuement sur le sujet.

Et c'est de cette bouillie-là que de futurs instituteurs doivent se nourrir, pour finalement donner aux gamins, comme modèle de conversation : « T'habites où ? Tu fais quoi ? »

Il ne serait pas équitable d'attribuer aux seuls syndicats marxistes ou gauchistes la dégradation de l'enseignement en France. Chacun a mis du sien dans cette vaste entreprise de démolition.

Le plan de réforme en vingt-sept points qu'avait préparé Alain Peyrefitte, à partir de sa nomination rue de Grenelle, au printemps 1967, et que les événements de Mai 68, qui entraînèrent sa démission, ne lui permirent pas de proposer, s'il contenait quelques bonnes mesures, en présentait d'autres, assez effarantes, qui prouvent à quel point les « idées » nouvelles avaient pénétré le cabinet du ministre et la commission dont il avait présidé les travaux pendant neuf mois. Suppression du cours magistral, le maître devant devenir un animateur et un éveilleur ; suppression des leçons apprises par cœur et des devoirs « à la maison » ; dévaluation de l'enseignement de la grammaire et de la littérature au profit du développement de l'expression orale ; renoncement à la notion de « bon élève, décourageante pour la plupart » ; suppression du latin en 6e et en 5e ; substitution du film pédagogique au cours classique pour économiser le temps du professeur et mettre l'école à l'heure de la « civilisation audiovisuelle » ; remplacement du terme d'instituteur par celui de professeur du premier degré ; suppression des écoles normales primaires pour les remplacer par des instituts universitaires de pédagogie ; suppression de l'agrégation comme concours de recrutement de l'enseignement secondaire ; étude obligatoire, dans la formation des maîtres de l'enseignement supérieur, de la pédagogie, de la psychopédagogie, de la dynamique des groupes ; disparition du mandarinat : tout ce qui allait fuser pendant et après Mai 68 se trouvait préfiguré dans le programme du ministre, parce que déjà dans la tête des penseurs de l'enseignement ! Alors que de Gaulle, lui, ne prescrivait qu'une chose : qu'on renforçât la « sélection » [1].

Quelques années plus tard, du temps de Giscard d'Estaing, ce fut un autre ministre, le

1. On trouvera ce plan de réforme *in extenso* en annexe du troisième tome de *C'était de Gaulle*, d'Alain Peyrefitte (Éd. de Fallois/Fayard, 2000).

Recteur Haby, qui, se prenant pour Jules Ferry, décida que tous les écoliers, au sortir du primaire, entreraient au collège. D'où les 20 % de quasi-analphabètes qui encombrent les classes, et qui monteront en graine sans apprendre jamais rien.

Le voilà, le « stress » devant le savoir, ou plutôt le stress devant l'ignorance !

Qu'on ne cherche pas d'autre cause à l'indiscipline et à la violence qui règnent dans les collèges. Elles sont le fait de ces malheureux qui s'ennuient à périr, que l'on place devant leur infériorité définitive, et qui n'y trouvent dérivatif ou revanche que dans l'agressivité individuelle ou en bandes.

On a voulu oublier que si tous les hommes sont égaux en droits, ils ne le sont pas en aptitudes. Les enfants ne sont pas tous *aptes* aux études.

Alors que le monde actuel réclame, simplement pour y vivre, un nombre sans cesse croissant de notions et de savoirs, l'enseignement français est devenu une fabrique de sous-équipés mentaux. Il est beau de se glorifier d'avoir 75 % de reçus au baccalauréat ; la moitié d'entre eux, il y a seulement cinquante ans, n'auraient pas obtenu le brevet simple, dit brevet élémentaire.

Bien évidemment, sur une population enseignante de 900 000 personnes, il est quantité de maîtres et de professeurs excellents, d'hommes et de femmes pour qui instruire et éduquer sont une vocation véritable, proche souvent du sacerdoce, et dont la récompense est la réussite des jeunes êtres qu'ils ont formés. Il serait indécent de ne pas leur donner acte et de leur qualité et de leur dévouement. Beaucoup de ceux-là blâment les méthodes aberrantes et les décisions incertaines qui émanent du ministère.

Tous sont affligés du climat qui s'est installé dans leurs établissements comme de la faiblesse des résultats. Mais ils sont comme englués dans le système, où ce sont les syndicats qui finalement décident. Ils sont soumis aux instructions de leurs supérieurs : « Ne soyez pas trop sévères... » Ils sont enclins à une certaine solidarité corporative, et à contester les sanctions, rares, infligées à des collègues défaillants ou ayant commis des fautes graves, même si, à part eux, ils les jugent répréhensibles. Ils ont de surcroît à affronter les familles qui se déchargent de plus en plus sur l'école de l'éducation de leur progéniture. Si leurs enfants sont des cancres ou des délinquants, ce n'est la faute ni de la nature ni de la famille, mais celle des maîtres.

Dans les débuts de la décadence, les familles, précisément, pouvaient remédier aux vices et aux faiblesses du système. À présent, elles en sont devenues incapables, car nous arrivons à la troisième génération de gens mal formés. Et il n'est pas rare de voir des pères, des frères aînés, faire corps avec de jeunes chenapans et venir agresser, physiquement, des professeurs.

L'autorité, indispensable à l'instruction, s'est dissoute.

Deux ministres de gauche ont, en prenant leurs fonctions, prononcé des paroles qui ont semé le désarroi, simplement parce qu'elles étaient sensées.

L'un, Jean-Pierre Chevènement, a dit : « Avant toute chose, les enfants doivent apprendre à lire, écrire et compter. » L'autre, Claude Allègre, usant d'un langage imagé, a dit qu'il fallait « dégraisser le mammouth ». Il eût pu aussi bien dire qu'il fallait le découper. Tous deux se sont heurtés à des murs de mollesse et, quand ils parlaient de réformes fondamentales, se sont vu opposer des revendications syndicales de réductions d'horaires, d'allongements de vacances et de titularisations [1].

---

1. « Depuis trente ans, la revendication des syndicats enseignants a toujours été la même : des postes d'enseignants, des postes d'enseignants. Toujours plus, toujours plus. Comme ils sont puissants, ils ont obtenu gain de cause. Plus on a d'enseignants, plus on a de syndiqués, plus on est puissant » (Claude Allègre, *op. cit.*).

L'obéissance est une notion perdue. Si les élèves n'obéissent plus, c'est parce que les ministres ne sont plus obéis.

La situation de l'enseignement supérieur est-elle meilleure ?

Là aussi un ministre, qui n'était pas de gauche, se prit, naguère, pour Jules Ferry. Après les houles de Mai 68, le pays attendait une reprise en main, et même les plus violents contestataires s'y attendaient, qui auraient baissé la tête.

Edgar Faure, se piquant de comprendre la jeunesse et d'entrer dans les philosophies à la mode, fit tout le contraire. Au lieu de rétablir la sélection – mot qu'aujourd'hui encore on ose moins prononcer que des obscénités –, il ouvrit à deux battants les portes des universités, et donna dans toutes les billevesées du moment.

J'étais assez ami avec lui, et depuis assez longtemps, pour lui dire ce que je pensais : « Edgar, tu as institutionnalisé le bordel. — Oui, me répondit-il avec son humour habituel ; mais ce n'est pas moi qui l'ai créé. »

Procédons par comparaison. Les universités américaines sont indépendantes, de financement privé, et les études y sont payantes. Elles sont prospères et forment une élite qui, économiquement, financièrement, informatiquement, stratégiquement et même linguistiquement, domine le monde.

Nos universités sont étatiques, entretenues par le budget public ; les études y sont pratiquement gratuites ; on y entre avec un bagage scolaire minimal, et on peut y rester aussi longtemps qu'on le souhaite. Être étudiant n'est plus une formation, c'est un métier improductif, qui souvent ne débouche sur aucun autre.

Nos universités ne se ferment que devant les étrangers qui voudraient poursuivre, dans notre langue, les études de leur choix et à qui l'on refuse des visas, alors qu'ils pourraient devenir autant d'ambassadeurs de notre culture. En conséquence, ils vont à grands frais s'inscrire dans les universités des États-Unis [1].

J'écrivais, il y a dix-huit ans déjà [2] : « Le fait que l'enseignement supérieur soit gratuit n'entraîne pas un droit automatique à le recevoir. C'est précisément parce qu'il est à la charge de l'État que celui-ci doit s'en montrer un administrateur

---

1. Bien que la tendance ait été voici peu légèrement inversée, ce ne sont pas les 10 000 visas supplémentaires accordés qui suffisent aux besoins.

2. *Réformer la Démocratie* (Plon, 1982).

exact et exiger qu'on justifie, pour en bénéficier, des aptitudes et qualités nécessaires. La gratuité fait de chaque étudiant un boursier de la République. Par conséquent, les étudiants incapables, ou dont l'inscription en faculté n'est qu'un alibi, ou qui ne fréquentent les cours que pour les troubler, sont parfaitement parasitaires... La vocation de l'université n'est pas de fabriquer des chômeurs intellectuels. »

Il serait sain de publier chaque année le prix de la scolarité d'un élève du primaire, d'un élève du secondaire, d'un élève du supérieur. Les citoyens se rendraient compte, beaucoup mieux que par les pourcentages budgétaires, de ce que coûte chaque jeune Français à la nation. Celle-ci fait tout pour sa jeunesse, et la jeunesse, surtout depuis la suppression de la conscription, ne fait rien pour le pays. Si au moins, elle était heureuse ? Mais non ; elle est assez généralement mécontente de son destin. Un gâchis.

Or ce gâchis, auquel toutes les composantes politiques du pays ont, depuis cinquante ans, mis la main, a pour origine l'illusion marxiste selon laquelle on pouvait et devait former un homme nouveau dans une société sans classes.

Ce refus des réalités naturelles, chez les tenants du positivisme et du réalisme, est confondant. Alors que tout dans l'univers, de la galaxie à l'atome, est hiérarchisé, et que tout dans la nature est sélectif, on a tourné le dos, dans l'éducation, à la sélection et à la hiérarchie. La récolte est abondante en fruits secs.

Seuls se sont sauvés de l'échec ou de la médiocrité les élèves de ce que l'on nomme les Grandes écoles, qu'elles soient littéraires, scientifiques, administratives ou économiques. Là se sont réfugiés les vrais talents, les vraies capacités, les vraies volontés. Et il s'est créé une aristocratie de l'intelligence et du savoir, au-dessus d'une plèbe d'intellects mal formés. Le contraire de ce que les idéologues marxistes avaient rêvé.

Le monde de la recherche scientifique est lié indissolublement au monde universitaire. Là aussi, les rigidités staliniennes ont été transposées. À travers le C.N.R.S., les chercheurs sont devenus des fonctionnaires. Les sciences ont été fractionnées en disciplines de plus en plus étroites, de plus en plus fines, dans lesquelles les chercheurs ont été enfermés. C'était manière, en U.R.S.S., de mieux les contrôler. On ne saurait avancer que le système ait été favorable au génie.

En France, à quoi sert-il ? Dans les sciences dites humaines, la fonctionnarisation des chercheurs offre nombre de niches médiocrement fromagères à des compilations inutiles, des statistiques sans objet, des obsessions personnelles et parfois des délires. Elle sert aussi à donner abri à des théoriciens de la subversion. Si des résultats remarquables ont été et sont obtenus, en sciences exactes ou naturelles, dans les laboratoires du C.N.R.S., ce n'est pas grâce à la fonctionnarisation des chercheurs, mais malgré elle.

À l'instant où je trace ces lignes, une lecture, qui n'est pas de hasard, vient étayer mon propos. Dans un tout récent ouvrage [1], Thierry de Montbrial, dont j'estime fort la pensée, écrit : *« Au XXe siècle, la France aura été un haut lieu du marxisme, dans ses universités. Mais également à travers la manière très soviétique d'organiser l'Éducation nationale et la Recherche, à la Libération, et plus généralement à travers le statut de la fonction publique. »* On ne saurait mieux dire.

1. *Pour combattre les pensées uniques* (Flammarion, 2000).

X

POUR COMPLÉMENT D'INVENTAIRE

L'inventaire complet des ravages causés par l'importation des théories et méthodes soviétiques n'a, à ma connaissance, pas encore été dressé. Peu de milieux sociaux ont échappé à l'infiltration de l'idéologie ; peu d'activités, peu d'institutions n'en ont pas subi, de manière ou d'autre, les applications.

L'effet sur la seule institution judiciaire mériterait une étude particulière. Passant par contamination des universités aux écoles de magistrature, les thèses et agitations marxistes ont réussi à créer, comme nous l'avons déjà mentionné, des syndicats dits « de gauche », amenant par réaction l'apparition de syndicats dits « de droite » ou de « tendance modérée », ce qui, dans tous les cas, est une négation de la fonction régalienne de justice.

Le juge est là pour appliquer la loi, non pour la juger. Citoyen, il peut avoir les opinions politiques qu'il lui plaît et qu'il exprimera dans le secret, par son bulletin de vote. Magistrat, il ne doit pas les manifester. Il n'a pas à se faire l'instrument, comme cela semble souvent le cas, d'une justice de classe qui introduit entre les plaignants une discrimination en fonction de leur situation sociale, poursuit d'une vindicte particulière les possesseurs de grandes fortunes ou les dirigeants de grandes entreprises, semble se délecter à discréditer des personnalités politiques, et pratique à tour de bras la mise en examen et la détention préventive.

Certes, les « affaires » des temps mitterrandiens ont donné à la justice du grain à moudre, ou plutôt de la boue à remuer. Certes, l'égalité de tous devant la loi est un principe fondamental de la République. Mais n'y a-t-il pas quelque distorsion de la justice à traiter *également* le braqueur de banques et le gouverneur de la Banque de France, ou le directeur du Trésor ?

Car voici que des fonctionnaires parmi les plus hauts, et qui jouissent de la plus grande considération internationale, sont mis en examen pour des *avis* qu'ils ont donnés au nom de la puissance publique. Comment des magistrats peuvent-ils apprécier les conditions et les raisons dans lesquelles ces avis ont été rendus par des gens dont c'est la mission à raison de leur compétence ? Qui sont-ils, ces juges doctrinaires qui ne savent rien de ce qu'ils jugent ? C'est la justice qui attaque l'État à travers ceux qui l'incarnent. Ou plutôt qui attaque les incarnations de l'État qui déplaisent politiquement. Que l'on poursuive sur ce chemin-là, et l'on arrive aux procès de Moscou.

Quittons les tribunaux pour d'autres horizons. Nous avions un bateau, le dernier des grands paquebots, qui faisait l'honneur du pays , il s'appelait *France*. Il a fallu le désarmer et le vendre. Pourquoi ? Parce que les exigences de la C.G.T., qui régnait alors sur les personnels subalternes de la marine marchande, en ont rendu l'exploitation impossible. Le magnifique paquebot navigue aujourd'hui, rentable et glorieux, sous le nom de *Norway*. Toute notre marine de commerce a subi les mêmes revers, et s'est réduite comme peau de chagrin, à cause des conventions imposées par les syndicats communistes, et les grèves de dockers cégétistes.

Et puisque nous en sommes au domaine maritime, a-t-on suffisamment noté que dans nos départements et territoires d'Outre-mer, derrière ou devant tout mouvement indépendantiste, il y a le parti communiste local, soutenu par le P.C.F. ? Politique qui, naguère, obéissait à une certaine logique, puisque ces territoires, devenus de petits États indépendants, auraient pu se mettre dans la mouvance de l'U.R.S.S. Mais l'U.R.S.S. ayant cessé d'exister, il n'y a plus là qu'un rhumatisme, hélas apparemment inguérissable.

Poursuivons cet inventaire en zigzag par le chapitre si important de l'information, puisque celle-ci, qu'elle soit imprimée ou audiovisuelle, est sinon la reine, à tout le moins la régente de l'opinion. Mais régente schizophrène, elle aussi. Nul secteur n'illustre mieux l'incapacité cinquantenaire des Français à choisir entre le capitalisme et le communisme. Si bien que cette presse, qui se veut et se proclame si indépendante qu'elle n'a jamais accepté que se crée un « ordre » des journalistes, comme il y a un ordre des avocats et un ordre des médecins, qui lui conférerait à la fois crédibilité et dignité, accepte d'être soumise aux deux pouvoirs de l'argent et des syndicats.

Pouvoir de l'argent, donc du capitalisme : c'est celui de la publicité sans laquelle aucun média ne peut vivre. C'est pour offrir le plus de place aux annonceurs que les journaux sont forcés de limiter la longueur des articles de fond, qu'ils doivent réduire le nombre de pages d'information générale au profit des rubriques de mode, de loisirs, de tourisme ou d'art ménager. C'est pour rechercher la publicité la plus rémunératrice que les chaînes de télévision, dont les tarifs sont commandés par « l'audimat », privilégient les émissions de jeux, les variétés animées par des amuseurs, les débats confus mais provocateurs, les séries policières où les hold-up et les chantages se partagent l'écran, lequel finit par n'être peuplé que de voyous et de cadavres. Qui donc avait dit que la télévision serait une école nouvelle, la grande éducatrice des temps modernes ? Peyrefitte, où sont vos beaux projets ? Malraux, où sont vos exhortations ?

Les émissions que l'on appelle, non sans une nuance de mépris, « culturelles » sont réservées aux insomniaques.

En face, pouvoir des syndicats, donc, en gros, du communisme. Ce sont eux, les syndicats, qui décident des engagements, des salaires, des horaires et conditions de travail. Je n'ai jamais compris pourquoi, quand une équipe de la télévision du service public vient chez vous prendre une interview d'actualité, cette équipe est toujours deux fois plus nombreuse que celles des stations privées ou étrangères. Il faut un « technicien » pour conduire la voiture, un « technicien » pour porter les boîtes, un autre pour les ouvrir, une « technicienne » de la production pour noter, une « productrice » pour je ne sais quoi. Telles sont les règles syndicales. Encore ceux-là sont-ils visibles ; mais combien de parasites cachés dans les services ! Rien d'étonnant à ce que ce royaume du gaspillage soit toujours en déficit.

Dans l'information télévisée, lors des grèves ou agitations sociales, c'est toujours au délégué de la C.G.T. que l'on donne la parole, en premier ou uniquement.

Les syndicats communistes pèsent tout également sur la presse écrite. Non dans les rédactions où leur présence est faible. Mis à part les journaux du parti, dont la diffusion est de plus en plus restreinte, les communistes orthodoxes sont, à ce qu'il semble, assez peu nombreux dans les organes nationaux ou provinciaux. Là sont surtout agissants ceux que l'on range dans la catégorie assez mal définie des trotskistes et des gauchistes, et qui ont, par tempérament, la vocation de la critique acerbe, de l'investigation sournoise, de la dénonciation masquée, et de la démolition des institutions établies.

Il est à remarquer, d'ailleurs, que depuis l'écroulement de l'U.R.S.S. les trotskistes ont repris du poil de la bête. Est-on assez attentif à la formation d'une internationale anarcho-trotskiste, prenant tous moyens, y compris ceux du syndicalisme, y compris ceux de la violence, pour manifester leur hostilité aux États ? C'est toujours le marxisme qui forme son fonds de doctrine.

Mais il est une institution syndicale, ou pour mieux dire une contre-institution, qui tient la presse en otage, de quelque tendance qu'elle soit, et qui peut la paralyser ou la ruiner à tout moment. Il s'agit du Syndicat du Livre, qui est très précisément celui des métiers qui assurent la fabrication matérielle de la presse : composition, impression, etc. Totalement inféodé au Parti communiste, il en est plus qu'une émanation ; il est l'un de ses leviers de commande. Le capital, la direction, la rédaction des journaux doivent tenir compte de lui et négocier sans cesse avec lui. Il lui est arrivé, en certaines périodes, de refuser d'imprimer tel ou tel article qu'il réprouvait. Chaque fois qu'un quotidien doit s'excuser auprès de ses lecteurs d'une interruption d'un ou quelques jours dans sa parution, c'est parce que le Syndicat du Livre a décrété une grève contre lui ; et quand il revient dans les kiosques, c'est parce que la direction du journal a cédé. Nul ne songe à dire que ces agissements sont des atteintes à la liberté de la presse. C'est un état de choses admis, qui fait partie de nos habitudes, une de nos soumissions permanentes aux ordres du cadavre.

On aurait pu croire l'agriculture épargnée par l'idéologie collectiviste. Il n'en est rien. Déjà les S.A.F.E.R. (Sociétés d'aménagement foncier et d'établissement rural) avaient été investies d'un droit de préemption sur la vente ou la location des terres agricoles, préemption qu'elles font jouer en faveur du repreneur de leur choix.

Une loi d'orientation datant d'août 1999, donc d'avant-hier, qui ne comporte pas moins de quatre-vingts articles, et combien embrouillés, augmente les prérogatives des S.A.F.E.R., multiplie les instances administratives, commissions, schémas directeurs, conditions diverses auxquels sont soumis les agriculteurs, accroît les pouvoirs de l'autorité préfectorale, et trace un véritable labyrinthe de démarches, examens et contrôles à ceux qui s'aventurent en ce domaine.

Bientôt le propriétaire-exploitant d'un bien

foncier, s'il vient à prendre sa retraite, n'aura plus la faculté de céder l'exploitation de ses terres à son gré, fût-ce à sa descendance, et verra s'installer, chez lui, le repreneur qu'on lui désignera.

En une époque où l'on invoque, à tout propos, les Droits de l'Homme, se rappelle-t-on encore que la propriété est inscrite en second parmi les droits imprescriptibles qui figurent en son article II ?

Un député de la Creuse [1], département agricole, a pu écrire de cette loi d'orientation : « Elle n'est ni plus ni moins qu'une première étape de la soviétisation de notre agriculture. » À quand le kolkhoze ?

L'inventaire n'est pas clos. Chacun peut y ajouter ce qui relève de son expérience personnelle. Il est toutefois un autre otage du P.C.F. qu'on ne saurait oublier : le Parti socialiste.

Voilà deux tiers de siècle que les socialistes ne peuvent réunir une majorité parlementaire et donc exercer le gouvernement sans l'appoint des voix du groupe communiste. Cette situation est un des handicaps de la politique française. Peut-on dire que les communistes sont des alliés

---

1. M. Jean Auclair.

loyaux ? Soutien sans participation au gouvernement lors du Front populaire, soutien avec participation au début de la présidence de François Mitterrand, participation avec soutien critique dans la « majorité plurielle » : leur partenariat fut toujours assorti de réserves, abstentions, menaces de rupture. Mais dès que s'approche une consultation législative ou autre, alors les deux partis, fût-ce dans un moment de tension grave entre eux, signent automatiquement un accord électoral où les engagements et désistements réciproques permettent à chacun de conserver ses fiefs.

On pouvait concevoir de la sympathie pour les communistes quand ils avaient un rêve. Mais comment la leur conserver, après la gigantesque déroute du collectivisme autoritaire, quand leur obstination à s'en réclamer ne semble avoir d'autre objet ni d'autre espoir que de garder leurs situations acquises, leurs clientèles traditionnelles, leurs leviers de pouvoir, en un mot leur propre *establishment* ?

Trop longtemps habitués à servir les desseins de Moscou, et n'en recevant plus d'instructions, ils continuent de se conformer, sans imagination, aux ordres qui leur étaient donnés dans un monde disparu.

XI

ET POURTANT, LA FRANCE...

« *People are so supreme than they can vote themselves into slavery.* » Cette maxime de Herbert Agar vaut pour toutes les démocraties [1].

Un siècle avant lui, Tocqueville avait écrit : « *Les Français veulent l'égalité ; et quand ils ne la trouvent pas dans la liberté, ils la cherchent dans l'esclavage.* » Ceci vaut pour toutes les époques de notre pays et notamment pour la nôtre.

Nous avons bien failli, au lendemain de la Libération, voter nous-mêmes notre mise en

---

1. « Le peuple est si souverain qu'il peut voter lui-même sa mise en esclavage. » In *Perils of Democracy.* – Herbert Agar, historien et essayiste américain qui s'était fixé en Angleterre, avait été l'un des artisans de l'entrée en guerre des États-Unis durant la Deuxième Guerre mondiale. Chargé, à Londres, de la liaison diplomatique avec de Gaulle, il en était, à la différence des autorités de son pays, un admirateur et un soutien fervent.

esclavage. Un homme d'État de génie et un partage d'influence entre les deux superpuissances nous ont sauvés de ce péril. La France n'en est pas moins restée, depuis cinquante ans, un pays semi-marxiste.

Les Français ont pris une telle habitude de cet état de choses qu'ils n'ont pas conscience d'être le seul pays du continent où les lois et les comportements sociaux restent en partie inspirés par une philosophie politique qui a fait faillite.

Chez nos universitaires, nos représentants élus et toutes gens qui ont un rôle dans l'opinion et la marche de notre société, beaucoup n'ont pas encore admis que le marxisme était une erreur de l'esprit, parce que fondé sur des bases fausses. En dépit de ce qu'il affirme, il est en contradiction avec l'ordonnance naturelle de l'univers. Il n'est qu'une croyance, mais une croyance méthodique, ce qui fait sa nocivité.

Le marxisme fait partie des infirmités de l'esprit dont celui qui en est atteint ne s'aperçoit pas, et impute à la malveillance d'autrui les désagréments qu'elle lui cause.

Pour les marxistes, le marxisme a toujours raison. C'est pourquoi, si longtemps, les staliniens français ont dit de Staline qu'il avait

« toujours raison » et ont appliqué avec tant de zèle ses vues et ses instructions.

Comment la France s'est-elle sauvée elle-même de subir davantage les funestes conséquences de son semi-alignement sur le marxisme soviétique ? Comment n'est-elle pas tombée au plus bas ? Comment est-elle restée ce qu'elle est encore ? C'est là qu'intervient ce qu'on pourrait appeler le miracle français.

Faut-il que notre terre soit féconde, faut-il que notre climat soit amène et nos paysages attirants, faut-il que notre peuple recèle assez d'énergies, d'intelligences, d'ambitions d'entreprendre, faut-il que notre vieille civilisation soit au bout du compte solide et rayonnante, faut-il que son patrimoine soit riche, faut-il que nous ayons gardé mémoire de ce que nous fûmes et volonté de rester égaux à nous-mêmes, pour que la France, notre bien-aimée France, soit encore la quatrième puissance exportatrice du monde et la troisième en surface de souveraineté économique maritime – aussi longtemps qu'on voudra bien ne pas brader nos îles –, pour qu'elle puisse fournir aux troupes de maintien de la paix plus de soldats qu'aucune autre nation, pour que son école de mathématiciens soit reconnue comme dominante et son école médicale comme exceptionnelle, pour qu'elle soit l'assise d'un groupe géolinguistique de cinquante États ou pays, pour que sa langue, même si elle recule devant l'impérialisme économique, diplomatique et culturel américain, reste première langue d'influence, ainsi qu'en témoigne le nombre de mots français d'usage universel, et pour que ses cités, ses monuments, ses vignobles, sa gastronomie, son art de vivre la maintiennent au premier rang des destinations touristiques !

Mais quelles hauteurs n'aurait-elle pas atteintes si elle n'était, depuis si longtemps, aux ordres d'un cadavre ? Et combien de temps, si elle ne se libère pas des blocages qu'ils lui ont causés, pourra-t-elle garder son rang ?

« Temps nouveaux, temps nouveaux », nous chante-t-on sur toutes les notes de la gamme. « Il faut nous adapter. »

Il faudrait surtout commencer par nous débarrasser de nos excédents de bagages idéologiques, et nous libérer de toutes les entraves juridiques, réglementaires, fiscales, pédagogiques et syndicales qui s'opposent à notre marche.

Qu'ont-ils qui doive nous effrayer, ces temps nouveaux, et quelles sont les nouveautés dont on veut nous faire des épouvantails ? L'Europe, la mondialisation ? Elles sont moins nouvelles que nous ne le croyons.

L'Europe ? Napoléon en rêvait, y compris avec une monnaie unique. Victor Hugo en rêvait en poète, en prophète. Et nous aussi nous l'avons rêvée, dans notre jeunesse ; mais nous, nous l'avons faite, parce qu'elle était indispensable. La France l'a faite, qui en fut le premier moteur. Elle n'est pas exactement celle que nous aurions souhaitée ; mais l'édifice tient. Paris aurait dû, aurait pu en être la capitale ; sa situation géographique et son rayonnement intellectuel le justifiaient. Il s'en est fallu de peu que cela soit. Nous avons laissé passer cette chance ; mais nous sommes encore en mesure d'y être, sinon dominants, à tout le moins déterminants.

La mondialisation ? Elle a commencé en 1914, par les armes. Les deux grands conflits du siècle ont été des guerres justement appelées « mondiales ». Elle a été ensuite celle des transports, des communications et des sources d'énergie. Aviation, radio, télévision, force nucléaire, exploration et utilisation de l'espace extraterrestre, signaux de tous genres : nos ingénieurs, nos inventeurs, nos administrateurs, nos industries ont été capables de nous tailler dans tous ces domaines une place éminente.

Pourquoi devrions-nous avoir peur de la mondialisation, de l'informatique et des marchés financiers ?

Dieu a donné vraiment beaucoup de choses à ce petit territoire placé au bout du vieux monde, et son peuple, constitué de plus d'apports qu'aucun, a fait le reste.

Pays au long des siècles épris de grandeur, souvent abaissé par l'effet de ses erreurs, toujours redressé par son énergie, je l'ai vu en ma jeunesse descendre au plus creux de l'abîme, et puis reprendre sa position parmi les nations-phares. Comment, au soir de ma vie, perdrais-je espoir en la France ? Si j'étais sans espérance, pourquoi m'indignerais-je de ce qui la défigure, l'inhibe ou l'entrave ?

Tant qu'il me restera souffle, je m'obstinerai à la servir, pour ce qu'elle peut continuer d'offrir au genre humain.

Mais à ceux qui me suivent, j'ose dire qu'il ne faut pas tabler trop longtemps sur le miracle.

2 août 2000

TABLE

DU MÊME AUTEUR

Mégarée, pièce en trois actes, 1944.
Lettres d'un Européen, essai, 1944.
La Dernière Brigade, roman, 1946.
Les Grandes Familles, roman, 1948. Prix Goncourt.
La Chute des corps (*Les Grandes Familles*, II), roman, 1950.
Rendez-vous aux enfers (*Les Grandes Familles*, III), roman, 1951.
Remarques, essai, 1952.
Un voyageur, théâtre, 1954.
La Volupté d'être, roman, 1954.
Le Roi de fer (*Les Rois maudits*, I), roman historique, 1955.
La Reine étranglée (*Les Rois maudits*, II), roman historique, 1955.
Les Poisons de la couronne (*Les Rois maudits*, III), roman historique, 1956.
L'Hôtel de Mondez, nouvelle, 1956.
La Loi des mâles (*Les Rois maudits*, IV), roman historique, 1957.
Tistou les pouces verts, conte pour enfants, 1957.
Alexandre le Grand, roman mythologique, 1958.
La Louve de France (*Les Rois maudits*, V), roman historique, 1959.
Le Lis et le Lion (*Les Rois maudits*, VI), roman historique, 1960.
Des Seigneurs de la plaine à l'hôtel de Mondez, nouvelles, 1962.
Théâtre (*Mégarée*, *Un voyageur*, *La Contessa*), 1962.
Les Mémoires de Zeus, roman mythologique, 1963.
Paris, de César à Saint Louis, essai, 1964.
Bernard Buffet, essai, Paris, 1964.
Le Pouvoir, notes et maximes, 1965.
Les Mémoires de Zeus, II, roman mythologique, 1967

Le Bonheur des uns, nouvelles, 1967.
Vézelay, colline éternelle, 1968.
L'Avenir en désarroi, essai, 1968.
Lettres d'un Européen et *Nouvelles Lettres d'un Européen*, essai, 1970.
Une Église qui se trompe de siècle, essai, 1972.
La Parole et le Pouvoir, essai, 1974.
Quand un Roi perd la France (*Les Rois maudits*, VII), roman historique, 1977.
Attention la France !, essai, 1981.
Réformer la démocratie, essai, 1982.
Lettre aux Français sur leur langue et leur âme, essai, 1994.
*Circonstances *. Circonstances civiques, du voyage, du gaullisme*, 1997. Prix Saint-Simon.
*Circonstances **. Circonstances politiques I (1954-1974)*, 1998.
*Circonstances ***. Circonstances politiques II (1974-1998)*, 1999.
Le « Bon Français », 1999. Prix Agrippa d'Aubigné.

DANS LA COLLECTION *VOLUMES*
(PARIS, PLON, 1999)

– Romans mythologiques :
Les Mémoires de Zeus
Alexandre le Grand
Les Rivages et les Sources

– Romans historiques :
Les Rois maudits (7 tomes)

– Romans contemporains :
Les Grandes Familles
La Chute des corps
Rendez-vous aux enfers
La Volupté d'être

Impression réalisée sur CAMERON par

BUSSIÈRE CAMEDAN IMPRIMERIES

GROUPE CPI

à Saint-Amand-Montrond (Cher)
en décembre 2000

N° d'édition : 387. N° d'impression : 005514/4.
Dépôt légal : décembre 2000.
1er dépôt légal : octobre 2000.

Imprimé en France